# SHERLOCK HOLMES

## Eine Studie in Scharlachrot

Romane Band I

# SHERLOCK HOLMES
Romane und Erzählungen

**Band 1: Eine Studie in Scharlachrot (Romane I)**
Band 2: Das Zeichen der Vier (Romane II)
Band 3: Der Hund der Baskervilles (Romane III)
Band 4: Das Tal der Angst (Romane IV)
Band 5: Die Abenteuer des Sherlock Holmes
(Erzählungen I)
Band 6: Die Memoiren des Sherlock Holmes
(Erzählungen II)
Band 7: Die Rückkehr des Sherlock Holmes
(Erzählungen III)
Band 8: Seine Abschiedsvorstellung
(Erzählungen IV)
Band 9: Sherlock Holmes' Buch der Fälle
(Erzählungen V)

**SIR ARTHUR CONAN DOYLE** wurde 1859 in Edinburgh geboren. Er studierte Medizin und praktizierte von 1882 bis 1890 in Southsea. Reisen führten ihn in die Polargebiete und nach Westafrika. 1887 schuf er Sherlock Holmes, der bald seinen »Geist von besseren Dingen« abhielt. 1902 wurde er zu Sir Arthur Conan Doyle geadelt. In seinen letzten Lebensjahren (seit dem Tod seines Sohnes 1921) war er Spiritist. Sir Arthur Conan Doyle starb 1930 in Crowborough/ Sussex.

SIR ARTHUR CONAN DOYLE

# SHERLOCK HOLMES

## Eine Studie in Scharlachrot

Neu übersetzt von Gisbert Haefs

**Weltbild**

Die Illustrationen von George Hutchinson sind der im Verlag Ward, Lock and Bowden Company erschienenen Ausgabe (London 1891) entnommen.

Die englische Originalausgabe erschien 1887 unter dem Titel *A Study in Scarlet* in Beeton's Christmas Annual. Die Buchausgabe erschien 1888 in London.

Besuchen Sie uns im Internet:
*www.weltbild.de*

Genehmigte Lizenzausgabe für Verlagsgruppe Weltbild GmbH,
Steinerne Furt, 86167 Augsburg
Copyright der deutschsprachigen Ausgabe
© 2005 by Kein & Aber AG Zürich
Übersetzung: Gisbert Haefs
Umschlaggestaltung: Zero Werbeagentur, München
Umschlagmotiv: George Hutchinson,
Verlag Ward, Lock and Bowden Company;
FinePic®
Gesamtherstellung: CPI – Clausen & Bosse, Leck
Printed in the EU
ISBN 978-3-86365-295-1

2016 2015 2014 2013
Die letzte Jahreszahl gibt die aktuelle Lizenzausgabe an.

# Inhalt

## TEIL I
*Aus den Erinnerungen von
John H. Watson M. D., ehemals Mitglied
des Medizinischen Dienstes der Armee*

Mr. Sherlock Holmes . . . . . . . . . . . . . . . . . . . . . . . . . 9
Die Wissenschaft der Deduktion . . . . . . . . . . . . . . . 23
Das Rätsel von Lauriston Gardens . . . . . . . . . . . . . . 39
Was John Rance mitzuteilen hatte . . . . . . . . . . . . . . 57
Unsere Annonce führt uns einen Besucher zu . . . . . 69
Tobias Gregson zeigt, was er kann . . . . . . . . . . . . . 83
Licht in der Dunkelheit . . . . . . . . . . . . . . . . . . . . . . 99

## TEIL II
*Das Land der Heiligen*

Auf der großen Alkali-Ebene . . . . . . . . . . . . . . . . . 117
Die Blume von Utah . . . . . . . . . . . . . . . . . . . . . . . . 133
John Ferrier spricht mit dem Propheten . . . . . . . . . 145
Eine Flucht ums nackte Leben . . . . . . . . . . . . . . . . 155
Die Rächenden Engel . . . . . . . . . . . . . . . . . . . . . . . 171
Fortgang der Erinnerungen von John Watson M. D. . 187
Schluß . . . . . . . . . . . . . . . . . . . . . . . . . . . . . . . . . . . 207

Editorische Notiz . . . . . . . . . . . . . . . . . . . . . . . . . . 217
Anmerkungen . . . . . . . . . . . . . . . . . . . . . . . . . . . . . 219

# TEIL I

*Aus den Erinnerungen von
John H. Watson M. D., ehemals Mitglied
des Medizinischen Dienstes der Armee*

*In the year 1878 I took my degree of Doctor
of Medicine of the University ...*

# Mr. Sherlock Holmes

Im Jahre 1878 erwarb ich den Grad eines Doktors der Medizin an der Universität London und begab mich nach Netley, um an dem Lehrgang teilzunehmen, der für Ärzte der Armee vorgeschrieben ist. Nachdem ich dort meine Studien abgeschlossen hatte, wurde ich den Fünften Northumberland-Füsilieren als Assistenzarzt attachiert. Das Regiment war zu dieser Zeit in Indien stationiert, und bevor ich zu ihm stoßen konnte, brach der Zweite Afghanistan-Krieg aus. Bei der Landung in Bombay erfuhr ich, daß mein Korps durch die Pässe vorgerückt war und sich bereits tief in Feindesland befand. Trotz allem folgte ich, zusammen mit vielen anderen Offizieren, die sich in der gleichen Lage befanden wie ich, und es gelang mir, sicher nach Kandahar zu kommen, wo ich mein Regiment vorfand und sogleich meine neuen Pflichten übernahm.

Vielen brachte der Feldzug Auszeichnungen und Beförderung, für mich barg er jedoch nichts als Mißgeschick und Unheil. Ich wurde von meiner Brigade zu einer Berkshire-Einheit versetzt, mit der ich an der verhängnisvollen Schlacht von Maiwand teilnahm. Dort wurde meine Schulter von einer Jezail-Kugel getroffen, die den Knochen zerschmetterte und die Schlüsselbein-Arterie versehrte. Ohne die Treue und den Mut meines Burschen, Murray, wäre ich in die Hände der mörderischen Ghazis gefallen; er warf mich auf ein Packpferd und brachte mich heil zu den britischen Stellungen.

Erschöpft von Schmerzen und geschwächt durch die langwierige Mühsal, die hinter mir lag, wurde ich mit einem großen Zug verwundeter Leidensgenossen zum Basis-Hospital nach Peshawar gebracht. Dort genas ich, und mein Zustand hatte sich bereits so weit gebessert, daß ich durch die Fluchten des Spitals wandern und mich sogar ein wenig auf der Veranda wärmen konnte, als der Typhus, jener Fluch unserer indischen Besitzungen, mich niederstreckte. Lange Monate hing mein Leben an einem Fädchen, und als ich endlich zu mir kam und zu genesen begann, war ich so schwach und ausgezehrt, daß ein Ärzteausschuß befand, kein Tag sei zu verlieren, und ich solle nach England zurückgeschickt werden. Also wurde ich an Bord des Truppentransporters *Orontes* gebracht und landete einen Monat später in Portsmouth, mit unwiederbringlich ruinierter Gesundheit, aber auch mit der Erlaubnis einer fürsorglichen Regierung, die nächsten neun Monate mit der Pflege meines Befindens verbringen zu dürfen.

Ich hatte in England weder Freunde noch Verwandte und war daher frei wie der Wind – oder jedenfalls so frei, wie ein tägliches Einkommen von elfeinhalb Shilling es einem Mann zu sein gestattet. Unter diesen Umständen zog es mich natürlich nach London, der großen Senkgrube, wo alle Faulenzer und Müßiggänger des Empires unweigerlich abgelagert werden. Ich blieb dort einige Zeit in einer Pension in The Strand und führte ein trost- und sinnloses Leben, wobei ich das wenige Geld, über das ich verfügte, weitaus freizügiger denn angemessen ausgab. So besorgniserregend wurde schließlich der Zustand meiner Finanzen, daß mir bald klar wurde, daß ich entweder die Metropole verlassen und, gleichsam relegiert, irgendwo auf dem Lande vor mich hin verbauern oder aber meinen Lebensstil von Grund auf ändern mußte. Ich entschied mich für die letztere Möglichkeit; ich beschloß, zuallererst die Pension zu verlassen und Quartier in einem weniger großspurigen und weniger teuren Domizil zu suchen.

Am nämlichen Tag, da ich zu diesem Entschluß gediehen war, stand ich gerade an der Bar des Criterion, als mir jemand auf die Schulter klopfte, und als ich mich umwandte, erkannte ich den jungen Stamford, der im St. Bartholomew's Hospital unter mir als Assistenzarzt gearbeitet hatte. Der Anblick eines freundlichen Antlitzes in Londons großer Wüstenei ist für einen einsamen Mann wahrhaft angenehm. Vormals war Stamford nicht gerade mein Busenfreund gewesen, aber nun begrüßte ich ihn begeistert, und er seinerseits schien froh, mich zu sehen. In meiner überschäumenden Freude lud ich ihn ein, mit mir im Holborn zu essen, und wir brachen zusammen in einer Droschke auf.

»Was haben Sie denn nur angestellt, Watson?« fragte er, ohne sein Erstaunen zu verhehlen, während wir durch Londons von Menschen wimmelnde Straßen ratterten. »Sie sind so dünn wie ein Ladestock und braun wie eine Nuß.«

Ich gab ihm einen kurzen Überblick über meine Abenteuer und war damit kaum fertig, als wir unser Ziel erreichten.

»Armer Teufel!« sagte er mitleidig, nachdem er sich meine Mißgeschicke angehört hatte. »Was wollen Sie jetzt machen?«

»Eine Unterkunft suchen«, antwortete ich. »Ich versuche, die Frage zu klären, ob es möglich ist, gemütliche Räume zu einem vernünftigen Preis zu bekommen.«

»Das ist merkwürdig«, sagte mein Begleiter. »Sie sind heute schon der zweite, den ich das sagen höre.«

»Und wer war der erste?« fragte ich.

»Einer, der im chemischen Laboratorium im Hospital arbeitet. Er hat sich heute morgen beklagt, weil er keinen finden kann, der mit ihm ein paar hübsche Zimmer teilen will, die er aufgetan hat und die einfach zu viel für seinen Geldbeutel sind.«

»Lieber Himmel«, rief ich; »wenn er wirklich jemanden sucht, mit dem er die Zimmer und die Kosten teilen kann, dann bin ich genau der Richtige für ihn. Ich würde lieber mit jemandem teilen als allein sein.«

Der junge Stamford sah mich über sein Weinglas hinweg sehr seltsam an. »Sie kennen Sherlock Holmes noch nicht«, sagte er; »vielleicht würden Sie gar keinen Wert auf ihn als ständigen Gefährten legen.«

»Warum? Was spricht denn gegen ihn?«

»Oh, ich habe nicht gesagt, daß etwas gegen ihn spricht. Er hat ein bißchen komische Ideen – er ist ein Enthusiast, was einige Wissenschaftszweige angeht. Soweit ich weiß, ist er ansonsten ein ganz patenter Kerl.«

»Medizinstudent, nehme ich an?« sagte ich.

»Nein – ich habe keine Ahnung, worauf er sich verlegen will. Ich glaube, er ist ganz gut in Anatomie, und er ist ein erstklassiger Chemiker; aber soweit ich weiß, hat er nie systematisch Medizin studiert. Seine Studien sind sehr sprunghaft und exzentrisch, aber er hat eine ganze Menge abseitiger Kenntnisse angehäuft, über die seine Professoren staunen würden.«

»Haben Sie ihn nie gefragt, worauf er sich verlegen will?« fragte ich.

»Nein; er ist keiner, aus dem man leicht etwas herauslockt, obwohl er ganz mitteilsam sein kann, wenn er in der Laune dazu ist.«

»Ich möchte ihn gern kennenlernen«, sagte ich. »Wenn ich mit jemandem eine Wohnung teile, dann lieber mit einem fleißigen und ruhigen Mann. Ich bin noch nicht kräftig genug, um viel Lärm und Aufregung zu ertragen. Von beidem habe ich in Afghanistan bis an mein Lebensende genug gehabt. Wie kann ich diesen Freund von Ihnen treffen?«

»Er ist bestimmt im Laboratorium«, erwiderte mein Begleiter. »Er läßt sich da entweder wochenlang nicht blicken, oder er arbeitet da von morgens bis nachts. Wenn Sie wollen, können wir nach dem Essen dort vorbeifahren.«

»Gern«, sagte ich, und das Gespräch wandte sich anderen Gebieten zu.

Nachdem wir das Holborn verlassen hatten und uns dem Hospital näherten, erzählte Stamford mir einige weitere Einzelheiten über den Gentleman, mit dem ich eine Wohnung teilen wollte.

»Machen Sie bitte nicht mich dafür verantwortlich, wenn Sie nicht mit ihm auskommen«, sagte er; »ich weiß über ihn nicht mehr, als ich bei unseren gelegentlichen Begegnungen im Laboratorium erfahren habe. Der Vorschlag, diese Sache zu arrangieren, kommt von Ihnen, also hängen Sie es nicht mir an.«

»Wenn wir nicht miteinander auskommen, können wir uns ja leicht trennen«, antwortete ich. »Ich habe aber das Gefühl, Stamford«, setzte ich hinzu, wobei ich meinen Begleiter scharf anblickte, »daß Sie gute Gründe haben, um vorsorglich Ihre Hände in Unschuld zu waschen. Hat dieser Mann einen so fürchterlichen Charakter, oder was ist es sonst? Nun reden Sie schon.«

»Es ist nicht einfach, das Unaussprechliche auszusprechen«, antwortete er lachend. »Für meinen Geschmack ist Holmes ein bißchen zu wissenschaftlich – es kommt nahe an Gefühllosigkeit heran. Ich kann mir vorstellen, wie er einem Freund eine kleine Dosis des neuesten vegetabilen Alkaloids gibt;

nicht böswillig, verstehen Sie, sondern einfach aus einem Forschungsdrang heraus, um sich eine genaue Vorstellung von der Wirkung machen zu können. Ich will nicht ungerecht sein; ich glaube, daß er es selbst mit der gleichen Bereitwilligkeit einnehmen würde. Er scheint eine Leidenschaft für präzises, exaktes Wissen zu haben.«

»Das ist doch eine gute Sache.«

»Ja, schon, aber man kann es übertreiben. Wenn es so weit geht, daß man die Leichen in den Sezierräumen mit einem Stock schlägt, dann nimmt es doch schon bizarre Ausmaße an.«

»Die Leichen schlagen!«

»Ja, und zwar, um festzustellen, ob und wie weit Wundmale noch nach dem Tod erzeugt werden können. Ich habe ihn selbst dabei beobachtet.«

»Aber trotzdem, sagen Sie, ist er kein Medizinstudent?«

»Nein. Der Himmel mag wissen, was seine Studienziele sind. Aber da sind wir, und jetzt müssen Sie sich selbst ein Bild von ihm machen.« Als er dies sagte, gingen wir eine schmale Gasse hinunter und traten durch eine kleine Seitentür, die in einen Flügel des großen Hospitals führte. Dort kannte ich mich aus, und ich bedurfte keiner Führung, als wir die triste Steintreppe emporstiegen und durch den langen Korridor gingen, mit seinem Panorama weißgetünchter Wände und düsterbrauner Türen. Am anderen Ende des Ganges zweigte ein niedriger, überwölbter Durchgang ab und führte zum chemischen Laboratorium.

Es war ein großer Raum, gesäumt und übersät von zahllosen Flaschen. Breite, niedrige Tische standen allenthalben herum, die von Retorten, Reagenzgläschen und kleinen Bunsenbrennern mit bläulich flackernden Flammen starrten. Im Raum war nur ein Student, der sich über einen Tisch am anderen Ende beugte und in seine Arbeit vertieft war. Beim Geräusch unserer Schritte sah er sich um und sprang mit einem Freudenschrei auf. »Ich hab's gefunden! Ich hab's gefunden!« rief er meinem Begleiter zu, wobei er uns mit einem Reagenzgläschen in der Hand entgegenlief. »Ich habe ein Reagens gefunden, das von Hämoglobin und von nichts anderem ausgefällt wird.« Der Fund einer Goldmine hätte aus seinen Zügen keine größere Wonne aufscheinen lassen können.

»Doktor Watson, Mister Sherlock Holmes«, stellte Stamford uns vor.

»Sehr erfreut«, sagte er herzlich und schüttelte meine Hand mit einer Kraft, die ich kaum in ihm vermutet hätte. »Sie sind in Afghanistan gewesen, wie ich sehe.«

»Woher um alles in der Welt wissen Sie das denn?« fragte ich verblüfft.

»Unwichtig«, sagte er, wobei er in sich hineinkicherte. »Was wichtig ist, ist jetzt Hämoglobin. Sie begreifen doch wohl, wie wichtig diese meine Entdeckung ist?«

»Chemisch ist das zweifellos interessant«, antwortete ich, »aber praktisch ...«

»Hören Sie, Mann, das ist die praktischste gerichtsmedizinische Entdeckung seit Jahren. Sehen Sie denn nicht, daß uns das eine unfehlbare Untersuchungsmethode für Blutflecken gibt? Kommen Sie hierher!« In seinem Eifer ergriff er den Ärmel meines Mantels und zerrte mich zu dem Tisch, an dem er gearbeitet hatte. »Wir brauchen frisches Blut«, sagte er; dabei bohrte er eine lange Nadel in seinen Finger und saugte den Blutstropfen mit einer Pipette auf. »Jetzt gebe ich diese winzige Blutmenge in einen Liter Wasser. Sie sehen, daß die Mischung reines Wasser zu sein scheint. Das Verhältnis von Blut zu Wasser kann nicht größer sein als eins zu einer Mil-

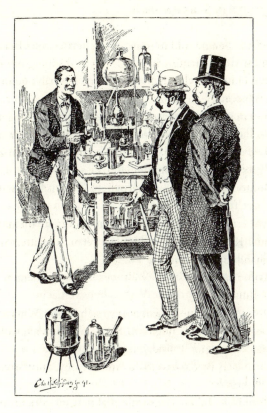

*»Ich hab's gefunden! Ich hab's gefunden!«* rief er.

lion. Trotzdem habe ich keinerlei Zweifel daran, daß wir die charakteristische Reaktion erreichen können.« Während er sprach, warf er einige weiße Kristalle in das Gefäß; danach gab er ein paar Tropfen einer durchsichtigen Flüssigkeit hinein. Sofort nahm der Inhalt eine dumpfe Mahagonifärbung an, und ein bräunlicher Staub setzte sich auf dem Boden des Glaskruges ab.

»Ha! Ha!« rief er; er klatschte in die Hände und sah so hingerissen aus wie ein Kind mit einem neuen Spielzeug. »Was halten Sie davon?«

»Es scheint ein sehr empfindliches Probeverfahren zu sein«, bemerkte ich.

»Wundervoll! Wundervoll! Die alte Guajak-Probe war sehr umständlich und unzuverlässig. Das gilt auch für mikroskopische Untersuchung auf Blutkörperchen. Sie ist wertlos, wenn die Flecken einige Stunden alt sind. Das hier scheint dagegen sowohl bei altem als auch bei frischem Blut zu funktionieren. Wenn der Test schon früher erfunden worden wäre, dann hätten Hunderte von Leuten, die jetzt noch auf Erden wandeln, schon längst für ihre Verbrechen gebüßt.«

»Tatsächlich?« murmelte ich.

»Kriminalfälle drehen sich immer wieder um diesen einen Punkt. Ein Mann wird eines Verbrechens verdächtigt, vielleicht Monate, nachdem es begangen wurde. Seine Wäsche oder seine Kleider werden untersucht, und man findet bräunliche Flecken. Sind das Blutflecken oder Lehmflecken oder Rostflecken oder Obstflecken oder was? Das ist eine Frage, über die sich viele Experten den Kopf zerbrochen haben, und warum? Weil es keine zuverlässige Probe gab. Jetzt haben wir die Sherlock-Holmes-Probe, und in Zukunft wird es da keine Schwierigkeiten mehr geben.«

Seine Augen leuchteten hell, als er das sagte, und er legte die Hand auf sein Herz und verneigte sich, wie vor einer applaudierenden Menge, die seine Phantasie heraufbeschworen hatte.

»Man muß Ihnen gratulieren«, bemerkte ich, sehr überrascht über seine Begeisterung.

»Da war letztes Jahr der Fall Von Bischoff, in Frankfurt. Man hätte ihn sicherlich gehängt, wenn es diese Methode gegeben hätte. Dann gab es Mason aus Bradford, und den berüchtigten Muller, und Lefevre aus Montpellier, und Samson aus New Orleans. Ich könnte Ihnen Dutzende von Fällen aufzählen, bei denen diese Probe entscheidend gewesen wäre.«

»Sie scheinen ein wandelnder Kriminalkalender zu sein«, sagte Stamford lachend. »Sie sollten eine Zeitschrift zu diesem Thema herausgeben. Nennen Sie sie ›Neueste Polizeiberichte von gestern‹.«

»Und das könnte eine sehr interessante Lektüre werden«, bemerkte Sherlock Holmes. Er klebte ein winziges Pflaster über die Stichwunde in seinem Finger. »Ich muß vorsichtig sein«, ergänzte er, wobei er mir zulächelte, »weil ich nämlich häufig mit Giften hantiere.« Dabei streckte er seine Hand aus, und ich sah, daß sie überall von ähnlichen Pflästerchen gescheckt und durch starke Säuren verfärbt war.

»Wir sind mit einem Anliegen gekommen«, sagte Stamford. Er setzte sich auf einen hohen, dreibeinigen Schemel und schob mir einen weiteren mit dem Fuß zu. »Mein Freund hier sucht einen Unterschlupf, und weil Sie sich beklagt haben, daß keiner mit Ihnen eine Wohnung teilen will, habe ich mir gedacht, daß ich Sie beide am besten zusammenbringe.«

Sherlock Holmes schien erfreut über die Idee zu sein, seine Räume mit mir zu teilen. »Ich habe ein Auge auf ein Appartement in der Baker Street geworfen«, sagte er, »das genau das Richtige für uns wäre. Sie haben hoffentlich nichts gegen den Geruch von starkem Tabak?«

»Ich rauche selbst Navytabak«, antwortete ich.

»Sehr gut. Außerdem habe ich normalerweise Chemikalien bei mir und mache manchmal Experimente. Würde Sie das stören?«

»Absolut nicht.«

»Mal sehen – was habe ich noch an Unzulänglichkeiten?

Manchmal, da blase ich Trübsal und mache tagelang den Mund nicht auf. Sie dürfen dann nicht meinen, ich wäre verärgert. Lassen Sie mich in Frieden, und ich bin bald wieder in Ordnung. Na, und was haben Sie zu beichten? Ich finde, zwei Leute sollten das Schlimmste voneinander wissen, bevor sie anfangen, zusammen zu leben.«

Ich lachte über dieses Kreuzverhör. »Ich habe eine junge Bulldogge«, sagte ich, »und ich habe etwas gegen Lärm, weil meine Nerven zerrüttet sind, und ich stehe zu allen möglichen gottlosen Zeiten auf, und ich bin äußerst träge. Wenn es mir gut geht, habe ich noch eine ganze Reihe von Lastern, aber das sind die wichtigsten, im Augenblick.«

»Fällt Geigespielen für Sie in die Kategorie Lärm?« erkundigt er sich besorgt.

»Das hängt vom Spieler ab«, antwortete ich. »Eine gut gespielte Geige ist ein Geschenk für die Götter – eine schlecht gespielte ...«

»Oh, dann ist es gut«, rief er mit einem fröhlichen Lachen. »Ich glaube, wir können die Sache als abgemacht betrachten – das heißt, wenn Ihnen die Zimmer gefallen.«

»Wann können wir sie ansehen?«

»Kommen Sie morgen gegen Mittag hierher zu mir, und dann gehen wir zusammen dorthin und regeln alles«, erwiderte er.

»In Ordnung – Punkt Mittag«, sagte ich. Ich schüttelte ihm die Hand.

Wir ließen ihn mit seinen Chemikalien zurück und gingen zusammen in Richtung meiner Pension.

»Sagen Sie mal«, fragte ich plötzlich, wobei ich stehenblieb und mich Stamford zuwandte, »woher zum Teufel wußte er, daß ich aus Afghanistan gekommen bin?«

Mein Begleiter lächelte rätselhaft. »Das ist eben seine kleine Besonderheit«, sagte er. »Viele Leute wollten schon wissen, wie er Dinge herausfindet.«

»Aha, das ist also ein Rätsel?« rief ich und rieb mir die Hände. »Das ist sehr aufregend. Ich bin Ihnen sehr verbunden, daß Sie uns zusammengebracht haben. Sie wissen ja: ›Das wahre Forschungsgebiet des Menschen ist der Mensch‹.«

»Dann erforschen Sie ihn«, sagte Stamford, als er sich von mir verabschiedete. »Aber Sie werden feststellen, daß er ein verwickeltes Problem ist. Ich wette, er findet mehr über Sie heraus als Sie über ihn. Goodbye.«

»Goodbye«, gab ich zurück und schlenderte zu meiner Pension. Ich war von meinem neuen Bekannten ungemein gefesselt.

*We met next day as he had arranged, and
inspected the rooms ...*

# Die Wissenschaft der Deduktion

Wie von ihm festgesetzt, trafen wir uns am nächsten Tag und inspizierten die Räumlichkeiten von Nr. 221B, Baker Street, über die wir bei unserer Begegnung gesprochen hatten. Sie bestanden aus zwei gemütlichen Schlafzimmern und einem gemeinsamen, großen, luftigen Wohnraum, der fröhlich möbliert war und von zwei breiten Fenstern erhellt wurde. Die Zimmer waren insgesamt so ersprießlich, und die Kosten, geteilt durch uns beide, erschienen uns so maßvoll, daß die Verhandlungen auf der Stelle zu einem Abschluß gebracht wurden und die Wohnung sogleich in unseren Gebrauch überging. Noch am gleichen Abend brachte ich meine Habseligkeiten aus dem Hotel herbei, und am nächsten Morgen folgte Sherlock Holmes mir mit mehreren Kisten und Schrankkoffern. Einen Tag oder zwei waren wir vollauf damit beschäftigt, unsere Besitztümer auszupacken und in möglichst vorteilhafter Weise unterzubringen. Nachdem dies geschehen war, begannen wir, ansässig zu werden und uns an die neue Umgebung zu gewöhnen.

Mit Holmes war keineswegs schwierig auszukommen. Er war von ruhiger Art und hatte geregelte Gewohnheiten. Selten war er nach zehn Uhr abends noch auf den Beinen, und immer hatte er bereits gefrühstückt und das Haus verlassen, bevor ich morgens aufstand. Bisweilen verbrachte er den Tag im Chemie-Laboratorium, manchmal in den Sezier-Räumen, und gelegentlich auf langen Spaziergängen, die ihn in die niedersten Teile der Stadt zu führen schienen. War er arbeitswütig, so vermochte nichts seine Energie zu übertreffen; hin und wieder setzte jedoch eine Reaktion ein, und dann pflegte er tagelang auf dem Sofa im Wohnraum zu liegen, wobei er vom Morgen bis zum Abend kaum ein Wort sagte oder einen Muskel bewegte. Bei derlei Gelegenheiten habe ich in seinen Augen einen solch verträumten, leeren Ausdruck bemerkt, daß ich ihn hätte verdächtigen mögen, irgendeinem Narkotikum zu frönen, hätte nicht die Mäßigung und Reinlichkeit seiner ganzen Lebensführung eine derartige Annahme verboten.

So verstrichen die Wochen, und mein Interesse an ihm wie auch meine Neugier bezüglich seiner Lebensziele vertieften und mehrten sich allmählich. Seine Gestalt und Erscheinung allein genügten, die Aufmerksamkeit des oberflächlichsten Beobachters zu erregen. Er war mehr als sechs Fuß groß und so ungeheuer hager, daß er noch weit größer wirkte. Seine Augen waren scharf und durchdringend, außer in jenen Zwischenzeiten der Lähmung, die ich erwähnt habe, und seine schmale, falkenhafte Nase verlieh ihm insgesamt den Ausdruck der Wachsamkeit und Entschlossenheit. Auch sein Kinn hatte jene Prominenz und Wucht, die den entscheidungsfreudigen Mann kennzeichnen. Unweigerlich waren seine Hände mit Tinte beschmiert und von Chemikalien befleckt, und doch besaß er ein außerordentliches Fingerspitzengefühl, wie zu beobachten ich oftmals die Gelegenheit hatte, wenn ich ihn die zerbrechlichen Instrumente seiner Welterforschung handhaben sah.

Der Leser mag mich als hoffnungslose Schnüffelnase abschreiben, wenn ich bekenne, wie sehr dieser Mann meine Neugier weckte und wie oft ich die Zurückhaltung zu durchdringen mich mühte, die er in allem an den Tag legte, was ihn betraf. Ehe man den Stab über mich bricht, bedenke man jedoch, wie ziellos mein Leben war und wie wenig es gab, das meine Aufmerksamkeit zu fesseln vermocht hätte. Meine Gesundheit erlaubte es mir nicht, das Haus zu verlassen, außer bei ungewöhnlich mildem Wetter, und ich hatte keine Freunde, die mir Besuche abstatten und die Eintönigkeit meines Alltags hätten unterbrechen können. Unter diesen Umständen begrüßte ich eifrig das kleine Mysterium, das meinen Gefährten umgab, und verwandte ein gut Teil meiner Zeit auf den Versuch, es zu erhellen.

Medizin studierte er nicht. Was das betraf, so hatte er auf unsere Frage hin Stamfords Ansichten bestätigt. Ebensowenig schien er Vorlesungen belegt zu haben, die ihn befähigt hätten, einen wissenschaftlichen Grad oder irgendeinen anderen anerkannten Einlaß in die Welt der Gelahrten zu erwerben. Seine Hingabe an bestimmte Studien war jedoch bemerkenswert, und innerhalb exzentrischer Grenzen waren seine Kenntnisse so ungewöhnlich weitreichend und genau, daß seine Bemerkungen mich durchaus erstaunten. Sicherlich konnte niemand so hart arbeiten oder so genaue Kenntnisse erlangen, ohne ein bestimmtes Ziel anzustreben. Oberflächliche Leser sind selten ob der Genauigkeit ihres Wissens bemerkenswert. Kein Mensch belastet seinen Geist mit Kleinkram, ohne dafür einen sehr guten Grund zu haben.

Seine Unwissenheit war ebenso bemerkenswert wie seine Kenntnisse. Über zeitgenössische Literatur, Philosophie und Politik schien er so gut wie gar nichts zu wissen. Als ich Thomas Carlyle zitierte, erkundigte er sich überaus naiv, wer dieser sei und was er geleistet habe. Meine Überraschung erreichte jedoch einen Höhepunkt, als ich zufällig herausfand, daß ihm die Theorie des Kopernikus und der Aufbau des Sonnensystems unbekannt waren. Daß ein gebildeter Mensch in diesem unserem neunzehnten Jahrhundert in Unkenntnis der Bewegung der Erde um die Sonne verharrte, erschien mir als solch außerordentliche Tatsache, daß ich es kaum zu begreifen vermochte.

»Sie scheinen sehr erstaunt zu sein«, sagte er; er lächelte über meinen verblüfften Gesichtsausdruck. »Jetzt, da ich es weiß, werde ich mich nach Kräften mühen, es zu vergessen.«

»Es zu vergessen!«

»Sehen Sie«, erläuterte er, »ich bin der Meinung, daß das Hirn eines Menschen ursprünglich wie eine kleine leere Dachkammer ist, die man mit dem Mobiliar versehen muß, das einem genehm ist. Ein Narr nimmt allen Plunder auf, über den er stolpert, so daß das Wissen, das ihm nützen könnte, von der übrigen Menge verdrängt oder bestenfalls von all den anderen Dingen verstellt wird, so daß er es schwerlich erfassen kann. Der geschickte Arbeiter dagegen wird sehr sorgsam mit jenen Dingen umgehen, die er in seine Hirnmansarde holt. Er nimmt nur jene Werkzeuge auf, die ihm bei seiner Arbeit helfen können, aber von diesen hat er ein großes Sortiment, und alle sind geordnet und in bestem Zustand. Es ist ein Irrtum, anzunehmen, dieser kleine Raum habe elastische Wände und sei beliebig dehnbar. Verlassen Sie sich darauf: Es kommt eine Zeit, da Sie für jede neue Kenntnis etwas vergessen, das Sie vordem gewußt haben. Es ist daher von größter Wichtigkeit, daß nicht nutzlose Fakten die nützlichen verdrängen.«

»Aber das Sonnensystem!« protestierte ich.

»Was zum Teufel soll ich damit?« unterbrach er mich ungeduldig. »Sie sagen, wir kreisen um die Sonne. Und wenn wir um den Mond kreisten – für mich oder meine Arbeit würde das nicht den geringsten Unterschied machen.«

Ich hätte ihn beinahe gefragt, was denn diese Arbeit sei, aber etwas in seiner Haltung zeigte mir, daß die Frage unwillkommen wäre. Ich machte mir jedoch Gedanken über unsere kurze Unterhaltung und suchte Schlüsse aus ihr zu ziehen. Er sagte, er wolle kein Wissen erwerben, das nicht zum Erreichen seiner Ziele beitrüge. Daher mußte alles Wissen, das er besaß, so beschaffen sein, daß es ihm nützte. Ich zählte im Geiste all die verschiedenen Punkte auf, über die er mir seine außerordentlich guten Kenntnisse demonstriert hatte. Ich nahm sogar einen Bleistift und schrieb sie nieder. Ich konnte nicht umhin, das Dokument zu belächeln, als ich es fertiggestellt hatte. Es lautete folgendermaßen:

*Sherlock Holmes – seine Grenzen*
1. Kenntnisse in Literatur: Null
2. Kenntnisse in Philosophie: Null
3. Kenntnisse in Astronomie: Null
4. Kenntnisse in Politik: Schwach
5. Kenntnisse in Botanik: Unterschiedlich. Gut in Belladonna, Opium und generell Gift. Er weiß nichts über praktische Gärtnerei.
6. Kenntnisse in Geologie: Verwendbar, aber begrenzt. Er kann mit einem Blick verschiedene Böden unterscheiden. Nach Spaziergängen hat er mir Spritzer auf seiner Hose gezeigt und mir anhand ihrer Farbe und Zusammensetzung gesagt, in welcher Gegend von London sie ihm zuteil wurden.
7. Kenntnisse in Chemie: Umfassend.
8. Kenntnisse in Anatomie: Genau, aber unsystematisch.
9. Kenntnisse in Sensationsliteratur: Ungeheuer. Er

scheint jede Einzelheit jeder in diesem Jahrhundert begangenen Schreckenstat zu kennen.
10. Er spielt gut Geige.
11. Er ist ein geübter Stock- und Degenfechter sowie Boxer.
12. Er kennt sich gut in den britischen Gesetzen aus.

Als ich mit meiner Liste so weit gediehen war, warf ich sie voller Verzweiflung ins Feuer. ›Wenn ich das, worauf der Bursche abzielt, nur herausfinden kann, indem ich all diese Fertigkeiten unter einen Hut bringe und einen Beruf entdecke, für den sie samt und sonders nötig sind‹, sagte ich mir, ›dann kann ich den Versuch gleich aufgeben.‹

Ich stelle fest, daß ich oben auf seine Violinkünste angespielt habe. Sie waren äußerst bemerkenswert, aber genauso exzentrisch wie all seine sonstigen Fertigkeiten. Ich wußte sehr wohl, daß er Stücke, auch schwierige, spielen konnte, hatte er mir doch auf meine Bitte hin einige Lieder von Mendelssohn und andere meiner Lieblingsstücke vorgespielt. War er jedoch allein, so machte er selten Musik und suchte keine erkennbaren Melodien zu spielen. Er pflegte sich dann abends in seinem Sessel zurückzulehnen, die Augen zu schließen und unachtsam auf der Fiedel herumzukratzen, die auf seinen Knien lag. Manchmal waren die Akkorde klangvoll und schwermütig. Gelegentlich waren sie phantastisch und fröhlich. Offenbar spiegelten sie die Gedanken wider, die von ihm Besitz ergriffen hatten; ob aber die Musik diese Gedanken förderte, oder ob das Spielen nichts war als das Ergebnis einer Schrulle oder Träumerei, dies zu bestimmen überstieg meine Fähigkeiten. Ich hätte mich wider diese nervzermürbenden Soli aufgelehnt, wenn er nicht an deren Ende jeweils in schneller Folge eine ganze Reihe meiner Lieblingsmelodien gespielt hätte, als kleine Entschädigung für das Strapazieren meiner Geduld.

Während der ersten Wochen hatten wir keine Besucher, und ich nahm an, daß mein Gefährte ebenso ohne Freunde sei wie ich. Bald jedoch stellte ich fest, daß er viele Bekannte hatte, und zwar in den unterschiedlichsten Gesellschaftsschichten. Es gab da einen kleinen blassen Burschen mit einem Rattengesicht und dunklen Augen, der

*Es gab da einen kleinen blassen Burschen mit einem Rattengesicht und dunklen Augen.*

mir als Mr. Lestrade vorgestellt wurde; er kam drei- oder viermal innerhalb einer einzigen Woche. Eines Morgens kam eine junge Frau vorbei, gekleidet nach der neuesten Mode, und blieb eine halbe Stunde oder länger. Derselbe Nachmittag brachte einen grauhäuptigen, verwahrlosten Besucher, der wie ein jüdischer Hausierer aussah und auf mich sehr aufgeregt wirkte; ihm folgte unmittelbar eine ältere, schlampige Frau. Bei einer

*Ein grauhäuptiger, verwahrloster Besucher.*

anderen Gelegenheit führte ein alter, weißhaariger Gentleman ein Gespräch mit meinem Gefährten; bei wieder einer anderen war es ein Gepäckträger in seiner Manchester-Uniform. Wenn eines dieser schwer einzuordnenden Individuen erschien, pflegte Sherlock Holmes mich zu bitten, ihm den Wohnraum zu überlassen, und ich zog mich in mein Schlafgemach zurück. Er entschul-

*Ein alter, weißhaariger Gentleman führte ein Gespräch mit meinem Gefährten.*

digte sich immer, daß er mir diese Unbequemlichkeit auferlegte. »Ich muß dieses Zimmer als Geschäftsraum verwenden«, sagte er, »und diese Leute sind meine Klienten.« Wieder bot sich mir die Gelegenheit, ihm eine direkte Frage zu stellen, und wieder ließ ich mich durch meine Feinfühligkeit davon abbringen, einen Menschen zu Vertraulichkeiten zu zwingen. In dieser Zeit glaubte ich, er habe starke Motive, nicht davon zu sprechen, aber er zerstreute diese meine Bedenken bald, indem er aus eigenem Antrieb auf das Thema zu sprechen kam.

Es war am vierten März – ich habe gute Gründe, mich dessen zu entsinnen –, als ich ein wenig früher denn gewöhnlich aufstand; Sherlock Holmes hatte sein Frühstück noch nicht beendet. Die Wirtin war an meine späten Aufstehgebräuche so gewohnt, daß mein Platz noch nicht gedeckt und mein Kaffee noch nicht zubereitet war. Mit der unvernünftigen Übellaunigkeit des Mannes läutete ich und gab kurz angebunden zu verstehen, daß ich fertig sei. Dann nahm ich ein Magazin vom Tisch und suchte die Wartezeit damit zu verkürzen, während mein Gefährte schweigend seinen Toast verzehrte. Die Überschrift eines der Artikel war mit Bleistift markiert, und es war nur natürlich, daß ich den Text zu überfliegen begann.

Der reichlich hochtrabende Titel lautete »Das Buch des Lebens«, und der Artikel mühte sich, aufzuzeigen, wie viel ein aufmerksamer Beobachter durch eine genaue und systematische Untersuchung all dessen, das ihm begegnet, zu lernen vermag. Es erschien mir als eine bemerkenswerte Mischung aus Scharfsinn und Absurdität. Die Argumentation war knapp und eindringlich, die Schlußfolgerungen hingegen erschienen mir weit hergeholt und übertrieben. Der Autor behauptete, eines Menschen geheimste Gedanken aus einem jähen Mienenspiel, dem Zucken eines Muskels oder dem Blick eines Auges erschließen zu können. Nach seinen Ausführungen war es unmöglich, einen in Beobachtung und Analyse Ausgebildeten zu täuschen. Seine Schlußfolgerungen waren ebenso unfehlbar wie die Beweisführungen von Euklid. Seine Ergebnisse mußten Uneingeweihte so sehr verblüffen, daß sie ihn durchaus für einen Schwarzen Magier halten mochten, bis sie die Verfahren erlernten, mit deren Hilfe er zu den Schlüssen gelangt war.

»Aus einem Wassertropfen«, stellte der Autor fest, »könnte ein Logiker auf die Möglichkeit eines Atlantik oder eines Niagara schließen, ohne von diesen gehört oder sie gesehen zu haben. So betrachtet ist alles Leben eine große Kette, deren Wesen sich erhellt, wann immer wir ein einziges ihrer Glieder zu

Gesicht bekommen. Wie alle anderen Künste läßt sich die Wissenschaft der Deduktion und Analyse nur durch langes und geduldiges Studium erwerben; auch ist das Leben nicht lang genug, um es einem Sterblichen zu gestatten, die höchstmögliche Vollkommenheit darin zu erreichen. Bevor er sich jenen moralischen und geistigen Aspekten des Vorgangs widmet, die die größten Schwierigkeiten darstellen, beginne der Forscher mit der Meisterung der elementareren Probleme. Wenn er einem anderen Sterblichen begegnet, so lerne er, auf einen Blick die Geschichte des Mannes zu erfassen und seine Zunft oder seinen Berufsstand zu bestimmen. So kindisch solch eine Übung erscheinen mag, schärft sie doch die Fähigkeit des Beobachtens und lehrt ihn, wohin er zu sehen und worauf er zu achten hat. Die Fingernägel eines Mannes, der Ärmel seines Mantels, seine Stiefel, die Knie seiner Hose, die Hornhaut seiner Daumen und Zeigefinger, sein Gesichtsausdruck, seine Manschetten – all diese Dinge offenbaren deutlich den Beruf eines Mannes. Daß all dies, zusammengenommen, den fähigen Forscher in auch nur einem einzigen Fall nicht erleuchten könnte, ist nahezu unvorstellbar.«

»Was für ein unsägliches Geschwätz!« rief ich aus; ich knallte das Magazin auf den Tisch. »In meinem ganzen Leben habe ich noch nie solchen Unfug gelesen.«

»Worum geht es?« fragte Sherlock Holmes.

»Also, dieser Artikel«, sagte ich, wobei ich mit meinem Eierlöffel darauf deutete, als ich mich zum Frühstück niederließ. »Ich sehe, daß Sie ihn gelesen haben, Sie haben ihn ja angekreuzt. Ich will nicht leugnen, daß er sehr gut geschrieben ist. Trotzdem irritiert er mich. Das ist ganz offensichtlich die Theorie eines Stubenhockers, der in seinem Lehnstuhl sitzt und all diese netten kleinen Paradoxa ausheckt. Das ist doch in der Praxis nicht durchführbar. Ich möchte ihn mal sehen, wie er eingezwängt in einem Abteil dritter Klasse in der Untergrund-Bahn steckt und aufgefordert wird, die Berufe aller Mitfahrenden aufzuzählen. Ich wäre bereit, tausend zu eins gegen ihn zu wetten.«

»Sie würden Ihr Geld verlieren«, stellte Holmes ruhig fest.

»Und den Artikel, den habe ich geschrieben.«

»Sie!«

»Ja. Ich habe eine Neigung sowohl zur Beobachtung als auch zur Deduktion. Die Theorien, die ich dort dargelegt habe und die Ihnen so chimärisch erscheinen, sind in Wirklichkeit äußerst praktisch – so praktisch, daß ich mit ihnen mein Brot und auch meine Butter verdiene.«

»Wie das?« fragte ich unwillkürlich.

»Also, ich habe einen besonderen Beruf. Ich glaube, ich bin der Einzige auf der Welt. Ich bin ein Beratender Detektiv, wenn Sie verstehen, was das ist. Hier in London haben wir jede Menge beamteter Detektive und etliche private. Wenn diese Leute nicht weiterwissen, kommen sie zu mir, und ich bringe sie auf die richtige Fährte. Sie legen mir alles Beweismaterial vor, und dank meines Wissens über die Geschichte des Verbrechens bin ich normalerweise in der Lage, ihnen weiterzuhelfen. Bei Untaten gibt es große Familienähnlichkeiten, und wenn Sie alle Einzelheiten von tausend Verbrechen kennen, dann wäre es äußerst seltsam, wenn Sie das tausendunderste nicht aufklären könnten. Lestrade ist ein bekannter Detektiv. Er hat sich neulich in einer Fälschungssache in den Sumpf geritten, und das hat ihn hergebracht.«

»Und diese anderen Leute?«

»Sie werden meistens von privaten Ermittlungsagenturen zu mir geschickt. Sie alle sind Leute, die in irgendeiner Klemme stecken und über etwas aufgeklärt werden möchten. Ich höre ihre Geschichten an, sie lauschen meinen Kommentaren, und dann streiche ich mein Honorar ein.«

»Aber – wollen Sie damit sagen«, fragte ich, »daß Sie, ohne Ihr Zimmer zu verlassen, einen Knoten auflösen können, mit dem andere Leute nicht fertig werden, obwohl sie alle Einzelheiten selbst kennen?«

»Genau das. Ich habe da eine Art Intuition. Hin und wieder gibt es einen Fall, der etwas komplizierter ist. Dann muß ich aktiv werden und mir alles selbst ansehen. Wissen Sie, ich verfüge über eine ganze Menge spezieller Kenntnisse, die ich auf das Problem anwende und die die Dinge wunderbar erleichtern. Diese Regeln der Deduktion, die in dem Artikel niedergelegt sind, der Ihren Tadel hervorrief, sind bei der praktischen Arbeit von unschätzbarem Wert für mich. Das Beobachten ist mir zur zweiten Natur geworden. Sie waren offenbar überrascht, als ich Ihnen bei unserer ersten Begegnung gesagt habe, daß Sie aus Afghanistan gekommen waren.«

»Das hat Ihnen sicherlich jemand erzählt.«

»Nichts dergleichen. Ich *wußte*, daß Sie aus Afghanistan gekommen waren. Aus langer Gewohnheit ist der Denkvorgang in mir so schnell abgelaufen, daß ich zu der Schlußfolgerung gelangt bin, ohne mir der Zwischenschritte bewußt zu sein. Der Denkprozeß lief folgendermaßen ab: ›Hier ist ein Gentleman der medizinischen Sparte, aber mit der Haltung eines Soldaten. Also offenbar ein Arzt der Armee. Er ist kürzlich aus den Tropen gekommen, denn sein Gesicht ist dunkel, und das ist nicht seine normale Hautfarbe, seine Handgelenke sind nämlich hell. Er hat Mühsal und Krankheit durchgestanden, wie sein abgezehrtes Gesicht verrät. Sein linker Arm ist verletzt worden. Er hält ihn unnatürlich steif. Wo in den Tropen könnte ein englischer Armeearzt viel Mühsal erlebt haben und am Arm verwundet worden sein? Natürlich in Afghanistan.‹ Der ganze Denkvorgang hat nicht einmal eine Sekunde gedauert. Ich habe dann bemerkt, Sie kämen aus Afghanistan, und Sie waren verblüfft.«

»So wie Sie es erklären, ist es ziemlich einfach«, sagte ich lächelnd. »Sie erinnern mich an Dupin von Edgar Allan Poe. Ich hatte keine Ahnung, daß solche Individuen außerhalb von Erzählungen existieren.«

Sherlock Holmes erhob sich und zündete seine Pfeife an. »Sie glauben sicherlich, daß Sie mir ein Kompliment machen, wenn Sie mich mit Dupin vergleichen«, stellte er fest. »Nun denn – meiner Meinung nach war Dupin ein reichlich minderwertiger Bursche. Dieser Trick von ihm, nach einem viertelstündigen Schweigen mit einer *à-propos*-Bemerkung in die Gedanken eines Freundes hineinzuplatzen, ist doch wirklich ziemlich angeberisch und oberflächlich. Er hatte eine gewisse analytische Gabe, ohne Zweifel; aber er war keineswegs ein so großes Phänomen, wie Poe sich das wohl eingebildet hat.«

»Haben Sie Gaboriaus Werke gelesen?« fragte ich. »Kommt Lecoq Ihrer Vorstellung von einem Detektiv näher?«

Sherlock Holmes schnaubte sardonisch. »Lecoq war ein erbärmlicher Stümper«, sagte er mit Ärger in der Stimme; »er hatte nur eins, das für ihn spricht, und zwar seine Energie. Das Buch hat mich wirklich krank gemacht. Es ging darum, einen unbekannten Häftling zu identifizieren. Ich hätte es in vierundzwanzig Stunden tun können. Lecoq brauchte ungefähr sechs Monate. Man könnte daraus ein Lehrbuch darüber schreiben, was Detektive vermeiden sollten.«

Ich war ziemlich indigniert darüber, zwei Charaktere, die ich bewundert hatte, derart herablassend behandelt zu sehen.

Ich ging hinüber zum Fenster und sah hinaus auf die belebte Straße. ›Dieser Bursche mag scharfsinnig sein‹, sagte ich mir, ›aber außerdem ist er auch sehr eingebildet.‹

»Es gibt heute keine Verbrechen und keine Verbrecher mehr«, beklagte er sich. »Wozu ist es gut, in unserem Beruf ein Gehirn zu haben? Ich weiß, daß ich das Zeug habe, mir einen großen Namen zu machen. Es gibt keinen lebenden Menschen (und hat nie einen gegeben), der die gleiche Menge Wissens und natürlicher Begabung in die Aufklärung von Verbrechen eingebracht hätte wie ich. Und was ist das Ergebnis? Es gibt kein Verbrechen, das der Aufklärung würdig wäre; höchstens stümperhafte Übeltaten mit so durchsichtigen Motiven, daß sogar ein Beamter von Scotland Yard sie durchschaut.«

Ich war noch immer verstimmt über seine hochfahrende Redeweise. Ich hielt es für das Beste, das Thema zu wechseln.

»Ich frage mich, wonach dieser Bursche sucht«, sagte ich; ich deutete auf einen stämmigen, einfach gekleideten Mann, der langsam die andere Straßenseite entlang ging und dabei suchend die Hausnummern betrachtete. Er hielt einen großen blauen Umschlag in der Hand und war offensichtlich Überbringer einer Botschaft.

»Sie meinen den ehemaligen Sergeanten der Marine?« fragte Sherlock Holmes.

›Angabe und Aufschneiderei!‹ dachte ich bei mir. ›Er weiß, daß ich seine Raterei nicht verifizieren kann.‹

Ich hatte diesen Gedanken kaum zu Ende gedacht, als der Mann, den wir beobachteten, die Nummer auf unserer Tür erblickte und schnell die Straße überquerte. Wir hörten lautes Klopfen, dann eine tiefe Stimme im Erdgeschoß und schließlich schwere Schritte auf der Treppe.

»Für Mister Sherlock Holmes«, sagte er, als er den Raum betrat. Er händigte meinem Freund den Brief aus.

Hier bot sich mir die Gelegenheit, ihm seine Einbildung auszutreiben. Daran hatte er sicherlich nicht gedacht, als er seine Vermutung ins Blaue hinein äußerte.

»Darf ich fragen, guter Mann«, sagte ich mit meiner sanftesten Stimme, »was Sie von Beruf sind?«

»Ich bin Bote, Sir«, sagte er knapp. »Die Uniform ist in der Ausbesserung.«

»Und was waren Sie früher?« fragte ich, mit einem leicht maliziösen Blick zu meinem Gefährten.

»Sergeant, Sir. Königliche Leichte Marineinfanterie, Sir. Keine Antwort? In Ordnung, Sir.«

Er schlug die Hacken zusammen, hob die Hand zum Gruß und verschwand.

*I confess that I was considerably startled by this fresh proof of the practical nature ...*

## Das Rätsel von Lauriston Gardens

Ich gestehe, daß ich über diesen neuen Beweis für die Anwendbarkeit der Thesen meines Gefährten zutiefst erstaunt war. Meine Achtung für seine analytischen Fähigkeiten nahm gewaltig zu. Dennoch lauerte in mir ein Verdacht, der Vorfall sei eine abgesprochene Episode, mit dem Ziel, mich zu verblüffen, wenn es auch mein Verständnis überstieg, welches Ziel unter dem Himmel er verfolgen mochte, indem er mich so foppte. Als ich ihn ansah, hatte er die Mitteilung gelesen, und seine Augen zeigten jenen leeren, stumpfen Ausdruck, der Geistesabwesenheit verriet.

»Wie um alles in der Welt haben Sie das deduziert?« fragte ich.

»Was deduziert?« fragte er mißmutig.

»Na, daß er ein ehemaliger Marinesergeant ist.«

»Ich habe keine Zeit für Nebensächlichkeiten«, antwortete er brüsk. Dann, lächelnd: »Entschuldigen Sie meine Grobheit. Sie haben meinen Gedankengang unterbrochen; aber vielleicht ist das ganz gut. Sie haben also wirklich nicht gesehen, daß der Mann Marinesergeant gewesen ist?«

»Nein, wirklich nicht.«

»Das zu sehen war einfacher als die Erklärung, weshalb ich es weiß. Wenn man Sie zu beweisen bäte, daß zwei und zwei vier sind, könnten Sie Schwierigkeiten haben, und dennoch sind Sie dessen ganz sicher. Sogar über die Straße hinweg konnte ich einen großen blauen Anker sehen, den der Bursche auf dem Handrücken tätowiert hat. Das riecht nach Meer. Außerdem hielt er sich militärisch und hatte den üblichen Backenbart. Da haben wir den Mann von der Marine. Er hat auf mich den Eindruck gemacht, daß er sich für wichtig hält und daran gewöhnt ist, zu befehlen. Es muß Ihnen doch aufgefallen sein, wie er seinen Kopf hielt und den Stock schwenkte. Außerdem, wie man sehen konnte, ein zuverlässiger, achtbarer Mann mittleren Alters – lauter Tatsachen, die mich zu der Annahme geführt haben, daß er Sergeant gewesen ist.«

»Wunderbar!« rief ich aus.

»Absolut gewöhnlich«, sagte Holmes, wenn ich auch seinem Gesichtsausdruck entnehmen zu können glaubte, daß er ob meiner offensichtlichen Überraschung und Bewunderung erfreut war. »Ich habe eben gesagt, es gibt keine Verbrecher mehr. Es scheint, daß ich mich geirrt habe – sehen Sie sich das an!« Er warf mir das Schreiben zu, das der Dienstmann gebracht hatte.

»Also«, rief ich, als ich es überflog, »das ist ja schrecklich!«

»Es scheint tatsächlich ein wenig außerhalb des Üblichen zu liegen«, bemerkte er ruhig. »Würde es Ihnen etwas ausmachen, mir den Brief laut vorzulesen?«

Dies ist der Brief, den ich ihm vorlas:

> Mein lieber Mr. Sherlock Holmes – In der Nacht hat sich in 3, Lauriston Gardens, nahe der Brixton Road, eine üble Sache ereignet. Unser Mann, der seinen Rundgang machte, sah dort gegen zwei Uhr morgens ein Licht, und da das Haus leersteht, argwöhnte er, daß etwas nicht in Ordnung sei. Er fand die Tür offen, und im unmöblierten Vorderzimmer entdeckte er den Leichnam eines Gentleman, gut gekleidet und mit Kar-

ten in der Tasche, auf denen »Enoch J. Drebber, Cleveland, Ohio, U.S.A.« steht. Es war nichts gestohlen worden, weiterhin fehlt jeder Hinweis darauf, wie der Mann den Tod fand. Im Zimmer fanden sich Blutspuren, der Leichnam weist jedoch keine Wunden auf. Wir haben keine Ahnung, wie er in das leere Haus gekommen ist; im übrigen ist die ganze Angelegenheit ein Rätsel. Wenn Sie zu irgendeiner Zeit vor zwölf Uhr zum Haus kommen können, werden Sie mich dort antreffen. Ich habe alles *in statu quo* gelassen, bis ich von Ihnen höre. Sollten Sie nicht kommen können, würde ich Ihnen weitere Einzelheiten übermitteln. Ich wäre Ihnen überaus verbunden, wenn Sie so freundlich sein wollten, mich Ihre Meinung wissen zu lassen. Mit besten Grüßen

Tobias Gregson.

»Gregson ist der intelligenteste Mann von Scotland Yard«, bemerkte mein Freund; »er und Lestrade sind die Einäugigen unter all den Blinden dort. Beide sind schnell und energisch, aber konventionell – entsetzlich konventionell. Außerdem können sie einander nicht riechen. Sie sind so eifersüchtig wie ein Paar berufsmäßiger Schönheiten. Es wird viel Spaß bei diesem Fall geben, wenn man beide darauf ansetzt.«

Ich war verblüfft über die ruhige Art, in der er vor sich hin redete. »Es ist doch sicher kein Augenblick zu verlieren«, rief ich; »soll ich mich aufmachen und einen Wagen beschaffen?«

»Ich bin noch gar nicht so sicher, ob ich hingehe. Ich bin der unheilbarste faule Hund, den es je gegeben hat – das heißt, wenn ich einen meiner Anfälle habe, ansonsten kann ich nämlich durchaus sehr flink sein.«

»Wieso – das ist doch genau die Möglichkeit, auf die Sie gewartet haben.«

»Mein Lieber, was kümmert mich das? Angenommen, ich kläre die ganze Sache auf, dann können Sie sicher sein, daß Gregson, Lestrade & Co. alle Lorbeeren einheimsen. Das hat man davon, wenn man mit so etwas nicht von Amts wegen befaßt ist.«

»Aber er bittet Sie doch, ihm zu helfen.«

»Ja. Er weiß, daß ich ihm überlegen bin, und mir gegenüber gibt er es auch zu; er würde sich aber lieber die Zunge herausreißen als es einem Dritten gegenüber eingestehen. Immerhin könnten wir genausogut hingehen und es uns anschauen. Ich werde es auf meine eigene Weise machen. Und wenn sonst nichts dabei herauskommt, dann vielleicht doch ein fröhliches Gelächter auf deren Kosten. Kommen Sie!«

Er schlüpfte eilends in seinen Überzieher und wirbelte durch den Raum; es war klar, daß ein energischer Schub den apathischen abgelöst hatte.

»Nehmen Sie Ihren Hut«, sagte er.

»Wollen Sie, daß ich mitkomme?«

»Ja, wenn Sie nichts Besseres zu tun haben.« Eine Minute später saßen wir beide in einer Droschke und rasten wie wild in Richtung Brixton Road.

Es war ein nebliger, bewölkter Morgen, und über den Giebeln hing ein fahlbrauner Schleier, der wie ein Spiegel der lehmfarbenen Straßen unten wirkte. Mein Gefährte war allerbester Laune und plapperte drauflos, über Geigen aus Cremona und den Unterschied zwischen einer Stradivari und einer Amati. Ich dagegen war schweigsam, denn das schlechte Wetter und die melancholische Mission, auf der wir uns befanden, bedrückten mein Gemüt.

»Sie scheinen sich ja nicht viele Gedanken über die Sache zu machen, um die es geht«, sagte ich schließlich, indem ich Holmes' musikalische Auslassungen unterbrach.

»Ich habe noch keine Daten«, antwortete er. »Es ist ein großer Fehler, Theorien aufzustellen, bevor man alle Indizien kennt. Es macht die Urteilskraft voreingenommen.«

»Sie werden Ihre Daten bald haben«, bemerkte ich; ich deutete mit dem Finger. »Das ist die Brixton Road, und da ist das Haus, wenn ich mich nicht sehr irre.«

»Sie haben recht. Halt, Kutscher, halt!« Wir waren noch etwa hundert Yards von dem Haus entfernt, aber er bestand darauf, auszusteigen, und so legten wir den Rest der Strecke zu Fuß zurück.

Nummer 3, Lauriston Gardens bot einen bedrohlichen Anblick böser Vorzeichen. Es war eines von vier Häusern, die von der Straße ein wenig zurückwichen; von diesen waren zwei bewohnt, zwei standen leer. Letztere hielten Ausschau mit drei Reihen leerer, melancholischer Fenster, die öde und trostlos waren, abgesehen davon, daß sich hier und da ein Schild »Zu vermieten« wie grauer Star in den trüben Scheiben entwickelt hatte. Ein kleiner, da und dort mit dem Ausschlag kränklicher Pflanzen durchsetzter Garten trennte diese Häuser von der Straße; ein schmaler gelblicher Weg verlief hindurch, der offenbar aus einer Mischung von Lehm und Kies bestand. Vom Regen der Nacht war alles schmuddelig geworden. Der Garten wurde durch eine drei Fuß hohe Ziegelmauer abgeschlossen, oben wie mit Fransen von einem hölzernen Geländer besetzt, und an dieser Mauer lehnte ein strammer Polizei-Constable, umgeben von einem kleinen Haufen Schaulustiger, die sich die Hälse verrenkten und die Augen ausstarrten, in der vagen Hoffnung, etwas von den Vorgängen im Haus erhaschen zu können.

Ich hatte angenommen, Sherlock Holmes würde sogleich ins Haus eilen und sich in eine Untersuchung des Rätsels stürzen. Nichts schien von seinen Absichten weiter entfernt zu sein. Mit einem *air* von *nonchalance*, das mir unter diesen Umständen an Affektiertheit zu grenzen schien, schlenderte er auf dem Pflaster hin und her und betrachtete mit leerem Blick den Boden, den Himmel, die gegenüberliegenden Häuser und die Reihe der Geländer. Nachdem er diese Erforschung beendet hatte, ging er langsam den Pfad hinunter, genauer gesagt, den Grassaum neben dem Pfad, und hielt dabei seine Augen fest auf den Boden geheftet. Zweimal blieb er stehen, und einmal sah ich ihn lächeln und hörte ihn einen Ausruf der Befriedigung ausstoßen. In der nassen lehmigen Erde gab es viele Fußabdrücke; aber da die Polizei auf dem Pfad reichlich hin und her gelaufen war, konnte ich nicht begreifen, wie mein Gefährte hoffte, etwas von dem Boden ablesen zu können. Ich hatte jedoch solch außerordentliche Beweise für die Schnelligkeit seiner Wahrnehmungsgabe erhalten, daß ich nicht daran zweifelte, daß er vieles zu sehen vermochte, was mir verborgen blieb.

In der Haustür trafen wir auf einen großen, weißgesichtigen, flachshaarigen Mann mit einem Notizbuch in der Hand, der uns eilig entgegenkam und die Hand meines Gefährten überschwenglich drückte. »Das ist wirklich sehr freundlich von Ihnen, daß Sie gekommen sind«, sagte er. »Ich habe alles unberührt gelassen.«

»Abgesehen davon!« erwiderte mein Freund und wies auf den Weg. »Nicht einmal eine Büffelherde hätte einen größeren Unfug anrichten können. Sie hatten aber zweifellos schon Ihre eigenen Schlüsse gezogen, Gregson, bevor Sie das da zugelassen haben.«

»Ich hatte zu viel im Haus zu tun«, sagte der Detektiv ausweichend. »Mein Kollege, Mr. Lestrade, ist hier. Ich hatte mich darauf verlassen, daß er sich darum kümmert.«

Holmes warf mir einen Blick zu und hob sardonisch die Augenbrauen. »Mit zwei solchen Männern wie Ihnen und Lestrade auf dem Schauplatz bleibt einem dritten kaum noch etwas zu finden übrig«, sagte er.

Gregson rieb sich die Hände, als sei er mit sich sehr zufrieden. »Ich glaube, wir haben alles getan, was man tun kann«, antwortete er; »aber es ist ein komischer Fall, und ich kenne ja Ihre Vorliebe für solche Dinge.«

»Sie sind nicht mit einem Wagen hergekommen?« fragte Sherlock Holmes.

»Nein, Sir.«

»Lestrade auch nicht?«

»Nein, Sir.«

»Dann wollen wir hineingehen und uns den Raum ansehen.« Mit dieser zusammenhanglosen Bemerkung ging er voran ins Haus, gefolgt von Gregson, dessen Züge seinem Erstaunen Ausdruck gaben.

Ein kurzer Gang, verstaubt und mit nackten Bohlen, führte zur Küche und zum Nebengelaß. Vom Flur aus öffneten sich zwei Türen links und rechts. Eine war offenbar viele Wochen lang verschlossen gewesen. Die andere führte ins Eßzimmer, jenen Raum, in dem sich die rätselhafte Geschichte ereignet hatte. Holmes ging hinein und ich folgte ihm mit jenem unterschwelligen Gefühl im Herzen, das die Nähe des Todes uns einflößt.

Es war ein großer, quadratischer Raum, der infolge des Fehlens jeglichen Mobiliars noch größer wirkte. Eine ordinäre grelle Tapete zierte die Wände, wies jedoch an einigen Stellen

Schimmelflecken auf, und hier und da hatten sich große Streifen gelöst und hingen herab, wobei sie den dahinter befindlichen gelben Putz entblößten. Der Tür gegenüber war ein protziger Kamin mit einem Sims aus imitiertem weißem Marmor. Auf eine Ecke des Kaminsimses hatte man den Stummel einer roten Wachskerze geklebt. Das einzige Fenster war so schmutzig, daß es das Licht verschwommen und unsicher machte, wodurch alles einen dumpfen grauen Farbton erhielt, der von einer dicken Lage Staub, die den gesamten Raum bedeckte, noch verstärkt wurde.

All diese Einzelheiten nahm ich später wahr. Zunächst richtete sich meine Aufmerksamkeit auf die einsame, schreckliche, unbewegte Gestalt, die ausgestreckt auf den Bohlen lag und mit leeren, blicklosen Augen an die farblose Decke starrte. Es war die eines Mannes von etwa dreiundvierzig oder vierundvierzig Jahren, mittelgroß, breitschultrig, mit kräftigem schwarzem Lockenhaar und einem kurzen Stoppelbart. Er trug Gehrock und Weste aus schwerem feinem Wollstoff sowie helle Hosen und makellosen Kragen und Manschetten. Ein sauberer und gut gepflegter Zylinder lag neben ihm auf dem Boden. Die Hände waren zu Fäusten geballt und die Arme weit ausgebreitet, wogegen seine unteren Gliedmaßen verrenkt waren, als sei sein Todeskampf fürchterlich gewesen. Auf seinem starren Gesicht war ein Ausdruck des Grauens festgefroren, und, so schien es mir, des Hasses, eines Hasses, wie ich ihn nie zuvor in menschlichen Zügen gesehen hatte. Diese bösartige und furchteinflößende Verzerrtheit, zusammen mit der niedrigen Stirn, der platten Nase und dem vorstehenden Unterkiefer, gab dem Toten ein einzigartig affenähnliches Aussehen, das von seiner verdrehten, unnatürlichen Haltung noch verstärkt wurde. Ich habe den Tod in vielen Formen gesehen, aber keine ist mir furchtbarer erschienen als jene in dem düsteren, schmierigen Raum, der auf eine der wichtigsten Verkehrsadern des vorstädtischen London hinausschaute.

Lestrade stand neben der Tür, hager und frettchenhaft wie immer, und begrüßte meinen Gefährten und mich.

»Dieser Fall wird Aufsehen erregen, Sir«, bemerkte er. »Er übertrifft alles, was ich je gesehen habe, und ich habe bestimmt kein besonders weiches Gemüt.«

»Es gibt keine Hinweise«, sagte Gregson.

»Überhaupt keine«, stimmte Lestrade ein.

Sherlock Holmes näherte sich dem Leichnam, kniete nieder und untersuchte ihn aufmerksam. »Sind Sie sicher, daß es keine Wunde gibt?« fragte er; er deutete auf die zahlreichen Blutspritzer und -flecken allenthalben.

»Ganz sicher!« riefen beide Detektive.

»Dann gehört dieses Blut natürlich einer zweiten Person – vermutlich dem Mörder, wenn hier ein Mord begangen worden sein sollte. Das alles erinnert mich an die Umstände, die beim Tod von Van Jansen in Utrecht

*Sherlock Holmes näherte sich dem Leichnam, kniete nieder und untersuchte ihn aufmerksam.*

bemerkt wurden, anno '34. Erinnern Sie sich an den Fall, Gregson?«

»Nein, Sir.«

»Lesen Sie es nach – das sollten Sie wirklich tun. Es gibt nichts Neues unter der Sonne. Es ist alles schon einmal dagewesen.«

Während er sprach, flatterten seine schnellen Finger hierhin, dahin und dorthin, sie fühlten, drückten, knöpften auf, untersuchten; dabei zeigten seine Augen den entrückten Ausdruck, über den ich mich bereits geäußert habe. Die Untersuchung erfolgte so schnell, daß man daraus kaum auf die Gründlichkeit hätte schließen können, mit der sie vorgenommen wurde. Schließlich roch er an den Lippen des Toten und betrachtete danach die Sohlen seiner Lacklederschuhe.

»Er ist bestimmt nicht bewegt worden?« fragte er.

»Nur so viel, wie nötig war, um ihn untersuchen zu können.«

»Sie können ihn jetzt ins Leichenschauhaus bringen lassen«, sagte er. »Mehr ist nicht herauszubekommen.«

Gregson hatte eine Bahre und vier Männer zur Hand. Auf seinen Ruf hin betraten sie den Raum, und der Fremde wurde aufgehoben und hinausgetragen. Als sie ihn anhoben, fiel klirrend ein Ring herab und rollte über den Boden. Lestrade nahm ihn auf und betrachtete ihn völlig entgeistert.

»Eine Frau ist hier gewesen«, rief er. »Das ist der Hochzeitsring einer Frau.«

Während er dies sagte, hielt er ihn uns auf der Handfläche hin. Wir standen um ihn herum und starrten den Ring an. Es konnte kein Zweifel daran bestehen, daß dieser schlichte Goldring einst den Finger einer Braut geziert hatte.

»Der macht alles noch komplizierter«, sagte Gregson.

»Der Himmel weiß, daß es ohnehin schon kompliziert genug war.«

»Sind Sie sicher, daß er die Dinge nicht vereinfacht?« bemerkte Holmes. »Dadurch, daß man ihn anstarrt, erfährt man allerdings nichts. Was haben Sie in seinen Taschen gefunden?«

»Das haben wir alles hier«, sagte Gregson. Er deutete auf einen Haufen von Gegenständen auf einer der unteren Stufen der Treppe. »Eine goldene Uhr, Nr. 97163, von Barraud, London. Eine kurze goldene Uhrkette, sehr schwer und massiv. Ein goldener Ring mit einem Freimaurerzeichen. Eine goldene Krawattennadel – der Kopf einer Bulldogge mit Rubinen als Augen. Eine Kartentasche aus Russischleder mit Karten von Enoch J. Drebber aus Cleveland, was dem E. J. D. in der Wäsche entspricht. Keine Börse, aber Geld lose, und zwar sieben Pfund dreizehn Shilling. Eine Taschenausgabe von Boccaccios *Decamerone* mit dem Namen Joseph Stangerson auf dem Vorsatzblatt. Zwei Briefe – einer adressiert an E. J. Drebber und einer an Joseph Stangerson.«

»An welche Anschrift?«

»American Exchange, The Strand, zur Abholung. Beide Briefe stammen von der Guion Steamship Company und beziehen sich auf die Abfahrt ihrer Schiffe von Liverpool. Es ist klar, daß dieser unglückliche Mann kurz vor der Heimfahrt nach New York war.«

»Haben Sie Nachforschungen nach diesem Mann namens Stangerson angestellt?«

»Das habe ich sofort gemacht, Sir«, sagte Gregson. »Ich habe Anzeigen an alle Zeitungen herausgehen lassen, und einer meiner Leute ist zum American Exchange gegangen; er ist aber bis jetzt noch nicht zurückgekommen.«

»Haben Sie Cleveland benachrichtigt?«

»Wir haben heute früh telegraphiert.«

»Wie haben Sie die Anfrage formuliert?«

»Wir haben nur die Umstände aufgeführt und gesagt, wir wären dankbar für sachdienliche Informationen.«

»Sie haben nicht nach Einzelheiten gefragt, was bestimmte Punkte angeht, die Ihnen als entscheidend wichtig erscheinen?«

»Ich habe nach Stangerson gefragt.«

»Sonst nichts? Gibt es denn keinen Einzelumstand, an dem dieser ganze Fall zu hängen scheint? Wollen Sie nicht noch einmal telegraphieren?«

»Ich habe alles gesagt, was ich zu sagen habe«, sagte Gregson; seine Stimme klang beleidigt.

Sherlock Holmes kicherte in sich hinein und schien eben eine Bemerkung machen zu wollen, als Lestrade, der im Vorderzimmer gewesen war, während wir dieses Gespräch in der Diele führten, wieder auf der Szene erschien und sich die Hände rieb, in einer hochtrabenden und selbstzufriedenen Weise.

»Mr. Gregson«, sagte er, »ich habe soeben eine Entdeckung von allergrößter Wichtigkeit gemacht, und zwar eine, die übersehen worden wäre, wenn ich nicht die Wände einer sehr sorgsamen Untersuchung unterzogen hätte.«

Die Augen des kleinen Mannes leuchteten, während er das sagte, und offensichtlich befand er sich in einem Zustand unterdrückten Frohlockens, weil er wider seinen Kollegen einen Punkt gewonnen hatte.

»Kommen Sie«, sagte er; er stürmte wieder in den Raum, dessen Atmosphäre lichter zu sein schien, seit man seinen gräßlichen Bewohner entfernt hatte. »Also, stellen Sie sich hier hin!«

Er riß ein Zündholz an seinem Stiefel an und hielt es vor die Wand.

»Schauen Sie sich das an!« sagte er triumphierend.

Ich habe bereits erwähnt, daß die Tapete sich teilweise abgelöst hatte. In diesem besonderen Teil des Raumes war ein großes Stück heruntergekommen und hatte ein gelbes Quadrat groben Putzes hinterlassen. Auf dieser kahlen Stelle stand in blutroten Lettern ein einziges Wort gekritzelt:

RACHE

»Was halten Sie davon?« rief der Detektiv in der Haltung eines Varietékünstlers, der seine Nummer präsentiert. »Das ist bisher übersehen worden, weil das die dunkelste Ecke des Raums ist und niemand daran gedacht hat, hier nachzuschauen. Der Mörder oder die Mörderin hat es mit seinem oder ihrem eigenen Blut geschrieben. Schauen Sie sich diesen Fleck an, wo es die Wand hinabgetropft ist! Damit ist jedenfalls die These von einem Selbstmord erledigt. Warum ist ausgerechnet diese Ecke ausgesucht worden, um das zu schreiben? Ich will es Ihnen sagen. Sehen Sie, die Kerze da auf dem Kaminsims. Zur fraglichen Zeit war sie angezündet, und wenn sie angezündet war, dann muß diese Ecke hellster statt dunkelster Teil der Wand gewesen sein.«

»Und was bedeutet es, wenn Sie es denn nun schon gefunden haben?« fragte Gregson in mißbilligendem Tonfall.

»Was es bedeutet? Na, es bedeutet, daß der Schreiber den Frauennamen Rachel schreiben wollte, aber gestört worden ist, ehe er oder sie die Zeit hatte, fertig zu werden. Merken Sie sich meine Worte: Wenn dieser Fall aufgeklärt ist, werden Sie feststellen, daß eine Frau namens Rachel etwas damit zu tun hatte. Sie haben gut lachen, Mr. Sherlock Holmes. Sie mögen

*Er riß ein Zündholz an seinem Stiefel an
und hielt es vor die Wand.*

vielleicht sehr schlau und gerissen sein, aber letzten Endes ist der erfahrene Jagdhund doch der beste.«

»Ich muß mich wirklich bei Ihnen entschuldigen!« sagte mein Gefährte, der die gute Laune des kleinen Mannes verdorben hatte, indem er in lautes Gelächter ausgebrochen war. »Ihnen steht ganz gewiß der Ruhm zu, der erste von uns gewesen zu sein, der das gefunden hat, und wie Sie sagen, sieht es so aus, als wäre es von dem anderen Teilnehmer am Rätsel der letzten Nacht geschrieben worden. Ich habe bisher nicht die Zeit gehabt, diesen Raum zu untersuchen, aber mit Ihrer Erlaubnis möchte ich es jetzt tun.«

Damit zog er ein Bandmaß und eine große runde Lupe aus seiner Tasche. Mit diesen beiden Geräten ging er geräuschlos durch den Raum; bisweilen blieb er stehen, manchmal kniete er nieder, und einmal legte er sich flach auf den Bauch. In seine Beschäftigung war er so vertieft, daß er unsere Gegenwart vergessen zu haben schien, denn er redete unausgesetzt leise mit sich selbst, in einem nicht abreißenden Strom von Ausrufen, Seufzern, Pfiffen und kleinen Schreien, die Ermutigung und Hoffnung andeuten mochten. Während ich ihn beobachtete, konnte ich nicht umhin, an einen reinrassigen, gut abgerichteten Jagdhund zu denken, der vor und zurück durch das Dikkicht schießt und in seinem Eifer winselt, bis er die verlorene Fährte wiederfindet. Zwanzig Minuten oder länger setzte er seine Nachforschungen fort; mit größter Sorgfalt maß er die Abstände zwischen Markierungen, die mir gänzlich unsichtbar waren, und gelegentlich verwandte er sein Band in gleich unverständlicher Weise auf die Wand. An einer Stelle sammelte er sehr sorgsam einen kleinen Haufen grauen Staubes vom Boden auf und steckte ihn in einen Umschlag. Schließlich untersuchte er das Wort an der Wand mit seiner Lupe, wobei er sich jeden einzelnen Buchstaben mit der allereingehendsten Genauigkeit vornahm. Danach schien er zufrieden zu sein, denn er verstaute das Bandmaß und das Vergrößerungsglas wieder in seiner Tasche.

»Man sagt, Genie sei die Fähigkeit, sich unendlich viel Mühe zu machen«, bemerkte er mit einem Lächeln. »Das ist eine sehr schlechte Definition, aber auf die Detektivarbeit läßt sie sich anwenden.«

Gregson und Lestrade hatten die Manöver ihres *amateur*-Kollegen mit großer Neugier und einiger Verachtung beobachtet. Offensichtlich entging ihnen die Tatsache, die ich zu begreifen begonnen hatte, daß nämlich Sherlock Holmes' winzigste Handlungen allesamt auf ein bestimmtes und praktisches Ziel gerichtet waren.

»Was halten Sie davon, Sir?« fragten sie beide.

»Ich würde Sie des Ruhmes berauben, den Ihnen dieser Fall einbringt, wenn ich mich erdreisten wollte, Ihnen zu helfen«, bemerkte mein Freund. »Sie machen das so gut, daß es ein Jammer wäre, wenn jemand sich da einmischte.« Bei diesen Worten lag in seiner Stimme eine ganze Welt von Sarkasmus. »Wenn Sie mich wissen lassen, wie Ihre Ermittlungen vorankommen«, fuhr er fort, »werde ich Ihnen gern alle Hilfe geben, die ich geben kann. Inzwischen würde ich gern mit dem Constable sprechen, der den Leichnam gefunden hat. Könnten Sie mir seinen Namen und seine Adresse nennen?«

Lestrade blickte in sein Notizbuch. »John Rance«, sagte er. »Er hat im Moment keinen Dienst. Sie können ihn in Nr. 46, Audley Court, Kennington Park Gate finden.«

Holmes notierte sich die Anschrift.

»Kommen Sie, Doktor«, sagte er. »Wir werden hingehen und ihn besuchen. Ich will Ihnen ein paar Angaben machen, die Ihnen bei dem Fall helfen können«, fuhr er fort; dabei wandte er sich den beiden Detektiven zu. »Es ist ein Mord verübt worden, und der Mörder ist ein Mann. Er ist über sechs Fuß groß, im besten Alter, hat für seine Größe kleine Füße, trägt grobe Stiefel, die vorn viereckig enden, und hat eine Trichinopoly-Zigarre geraucht. Er ist zusammen mit seinem Opfer in einem vierrädrigen Wagen hergekommen, der von einem Pferd mit drei alten Hufeisen und einem neuen am rechten Vorderhuf gezogen wurde. Höchstwahrscheinlich hat der Mörder ein blühendes Aussehen, und die Fingernägel seiner rechten Hand sind bemerkenswert lang. Das sind nur ein paar Hinweise, aber sie könnten Ihnen nützlich sein.«

Lestrade und Gregson sahen einander mit einem ungläubigen Lächeln an.

»Wenn dieser Mann ermordet worden ist, wie ist der Mord dann begangen worden?« fragte ersterer.

»Gift«, sagte Sherlock Holmes knapp und ging. »Noch etwas, Lestrade«, setzte er hinzu; er wandte sich in der Tür noch einmal um. »›Rache‹ ist das deutsche Wort für ›revenge‹; vergeuden Sie also nicht Ihre Zeit damit, daß Sie nach Miss Rachel suchen.«

Mit diesem Schuß nach rückwärts ging er hinaus und ließ die beiden Rivalen mit offenen Mündern zurück.

*It was one o'clock when we left No. 3, Lauriston Gardens. Sherlock Holmes led me …*

## Was John Rance mitzuteilen hatte

Es war ein Uhr, als wir Nr. 3, Lauriston Gardens verließen. Sherlock Holmes führte mich zum nächsten Telegraphenamt, wo er ein langes Telegramm abschickte. Dann hielt er eine Droschke an und befahl dem Kutscher, uns zu der von Lestrade angegebenen Adresse zu bringen.

»Nichts geht über Aussagen aus erster Hand«, bemerkte er. »Nebenbei bemerkt habe ich mir über diesen Fall eine endgültige Meinung gebildet, aber trotzdem sollten wir alles in Erfahrung bringen, was zu erfahren ist.«

»Sie verblüffen mich, Holmes«, sagte ich. »Sie können doch bestimmt nicht so sicher sein, wie Sie vorgeben, was all diese von Ihnen aufgezählten Einzelheiten betrifft.«

»Es gibt da keinen Spielraum für Irrtümer«, antwortete er. »Das Allererste, was ich dort beobachtet habe, war, daß ein Wagen nahe an der Bordsteinkante mit seinen Rädern zwei Spuren hinterlassen hat. Nun haben wir aber bis letzte Nacht seit einer Woche keinen Regen gehabt, also müssen diese Räder während der Nacht einen so tiefen Abdruck hinterlassen haben. Außerdem waren dort auch die Spuren der Hufe des Pferds, und eine davon war viel deutlicher abgezeichnet als die anderen drei, was beweist, daß das Hufeisen neu ist. Da der Wagen dort war, nachdem es angefangen hatte zu regnen, aber zu keiner Zeit heute morgen – dafür habe ich Gregsons Wort –, ist zu folgern, daß er in der Nacht dort war, und folglich auch, daß er diese beiden Individuen zu dem Haus gebracht hat.«

»Das klingt einfach genug«, sagte ich. »Aber was ist mit der Körpergröße des anderen Mannes?«

»Also, in neun von zehn Fällen läßt sich die Größe eines Mannes an der Länge seiner Schritte erkennen. Es ist ganz einfach, das auszurechnen, aber wozu sollte ich Sie mit Zahlen langweilen? Die Schritte dieses Burschen habe ich sowohl draußen auf dem Lehmboden als auch drinnen im Staub gesehen. Dann bot sich mir noch die Möglichkeit, meine Berechnung zu überprüfen. Wenn jemand etwas an eine Wand schreibt, dann tut er das instinktiv etwa in Augenhöhe. Und diese Schrift war genau sechs Fuß über dem Boden. Es war kinderleicht.«

»Und sein Alter?« fragte ich.

»Nun, wenn ein Mann ohne die geringste Mühe Schritte macht, die viereinhalb Fuß lang sind, dann kann er noch nicht welk und verdorrt sein. Genau das war die Breite einer Pfütze auf dem Gartenweg, die er offensichtlich mit einem Schritt überstiegen hat. Jemand mit Lacklederstiefeln war um die Pfütze herumgegangen, und unser Freund mit den viereckigen Schuhen darüber hinweg. Das alles ist absolut nicht rätselhaft. Ich wende lediglich einige der von mir in diesem Artikel aufgestellten Regeln für das Beobachten und Deduzieren auf das gewöhnliche Leben an. Gibt es da noch mehr, das Ihnen Kopfzerbrechen macht?«

»Die Fingernägel und die Trichinopoly«, sagte ich.

»Die Schrift auf der Wand stammte vom Zeigefinger eines Mannes, in Blut getaucht. Mit Hilfe meiner Lupe konnte ich sehen, daß der Putz dabei leicht verkratzt worden ist, was nicht der Fall sein könnte, wenn die Nägel des Mannes kurz geschnitten wären. Vom Boden habe ich ein wenig verstreute Asche aufgelesen. Sie war dunkel und flockig – nur eine Trichinopoly wird zu solcher Asche. Ich habe Zigarrenasche einem besonderen Studium unterzogen – nebenbei, ich habe eine Monographie über dieses Thema geschrieben. Ich schmeichle mir, daß ich mit einem Blick die Asche jeder handelsüblichen Zigarre und jeden Pfeifentabaks erkennen kann. Es sind genau diese Einzelheiten, in denen sich ein geübter Detektiv von der Sorte Gregson und Lestrade unterscheidet.«

»Und das blühende Aussehen?«

»Ach, das war eine etwas kühnere Mutmaßung, obwohl ich nicht daran zweifle, daß ich recht habe. Danach dürfen Sie mich aber beim augenblicklichen Stand der Angelegenheit nicht fragen.«

Ich fuhr mir mit der Hand über die Stirn. »Mein Kopf ist ein einziges Durcheinander«, bemerkte ich. »Je mehr man darüber nachdenkt, desto mysteriöser wird alles. Wie sind diese beiden Männer – wenn es denn zwei Männer waren – in ein leeres Haus gekommen? Was ist aus dem Kutscher geworden, der sie gefahren hat? Wie kann jemand einen anderen dazu zwingen, Gift zu nehmen? Woher stammt das Blut? Was war das Ziel des Mörders, da ja offenbar Diebstahl keine Rolle dabei gespielt hat? Wie kommt dieser Frauenring dorthin? Und vor allem: Warum sollte der zweite Mann das deutsche Wort RACHE hinschreiben, bevor er sich aus dem Staub macht? Ich muß gestehen, daß ich keine Möglichkeit sehen kann, all diese Tatsachen miteinander zu verbinden.«

Mein Gefährte lächelte zustimmend. »Sie fassen da alle Schwierigkeiten der Situation bündig und sauber zusammen«, sagte er. »Vieles ist noch dunkel, wenn ich auch mein Urteil über die wichtigsten Tatsachen abgeschlossen habe. Was die Entdeckung des armen Lestrade angeht – das ist nur ein Hinweis, der die Polizei auf eine falsche Fährte locken soll, indem er Sozialismus und Geheimgesellschaften andeutet. Wie Sie bemerkt haben werden, ist das A in einer Druckschrift gehalten, die ein wenig an deutschen Fraktursatz erinnert. Ein richtiger Deutscher verwendet aber, wenn er ›druckt‹, unweigerlich die lateinischen Buchstaben; wir können also sicher festhalten, daß dies nicht von einem Deutschen geschrieben wurde, sondern von einem ungeschickten Imitator, der seine Rolle übertrieben hat. Es war nur eine List, um die Untersuchung in die falschen Kanäle zu lenken. Ich werde Ihnen nicht viel mehr über den Fall erzählen, Doktor. Sie wissen schon: Ein Zauberer bekommt keinen Applaus mehr, wenn er erst seinen Trick verraten hat; und wenn ich Ihnen zu viel von meiner Arbeitsmethode zeige, werden Sie zu dem Schluß kommen, daß ich schließlich doch ein ganz gewöhnliches Individuum bin.«

»Zu diesem Schluß werde ich niemals kommen«, sagte ich. »Sie haben die Detektion einer exakten Wissenschaft so weit angenähert, daß man Sie in dieser Welt nicht mehr übertreffen wird.«

Mein Gefährte errötete vor Freude ob meiner Worte und der ernsthaften Art, in der ich sie vorbrachte. Ich hatte bereits festgestellt, daß er für Schmeicheleien über seine Kunst so empfänglich war, wie nur je ein Mädchen, wenn es um ihre Schönheit geht.

»Ich will Ihnen noch eines sagen«, meinte er. »Der mit den Lacklederschuhen und der mit den eckigen Zehen sind im gleichen Wagen dorthingekommen und den Gartenweg gemeinsam entlanggegangen, in bestmöglicher Freundschaft – höchstwahrscheinlich Arm in Arm. Als sie im Haus waren, sind sie im Raum auf und ab gegangen – genauer, Freund Lackleder ist stehengeblieben, während Freund Quadratzeh auf und ab gegangen ist. Das alles habe ich im Staub lesen können; und ich konnte auch lesen, daß er, während er ging, immer erregter wurde. Die Zunahme seiner Schrittlänge zeigt das. Er hat die ganze Zeit geredet und sich dabei ohne Zweifel in eine Wut hineingesteigert. Dann hat sich die Tragödie ereignet. Jetzt habe ich Ihnen alles gesagt, was ich selbst weiß; alles andere ist lediglich Annahme und Mutmaßung. Wir haben damit aber eine gute Basis, auf der wir weiterarbeiten können. Nun müssen wir uns beeilen; ich möchte nämlich heute nachmittag zu Hallés Konzert gehen, um Lady Norman-Neruda zu hören.«

Dieses Gespräch fand statt, während unser Wagen sich durch eine lange Reihe schmieriger Haupt- und trüber Nebenstraßen wand. In der schmierigsten und trübsten von allen hielt unser Fahrer plötzlich an. »Das ist Audley Court, da drüben«, sagte er; er deutete auf eine schmale Öffnung in der Reihe leichenfarbener Ziegelbauten. »Ich warte hier, bis Sie zurückkommen.«

Audley Court war keine anziehende Gegend. Die enge Passage führte uns auf einen viereckigen Platz, der mit Fliesen gepflastert und von schmutzigen Behausungen umgeben war. Wir bahnten uns einen Weg zwischen Gruppen verdreckter Kinder, bis wir Nummer 46 erreichten; die Tür der Behausung war mit einem kleinen Messingstreifen verziert, auf dem der Name Rance eingraviert stand. Auf unsere Fragen erfuhren wir, daß der Constable zu Bett gegangen war, und man führte uns in ein kleines Vorderzimmer, wo wir auf ihn warteten.

Er erschien alsbald; er wirkte ein wenig unwirsch darüber, daß wir ihn aus dem Schlummer gerissen hatten. »Ich hab' doch meinen Bericht im Revier abgegeben«, sagte er.

Holmes zog einen halben Sovereign aus der Tasche und spielte nachdenklich damit. »Wir haben uns gedacht, wir sollten besser alles aus Ihrem eigenen Mund hören«, sagte er.

»Ich will Ihnen sehr gern alles sagen, was ich weiß«, antwortete der Constable; seine Augen hingen an der kleinen goldenen Scheibe.

»Dann lassen Sie uns doch einfach alles so hören, wie es sich zugetragen hat.«

Rance ließ sich auf dem Roßhaarsofa nieder und runzelte die Stirn, als sei er entschlossen, bei seiner Erzählung auch nicht das Geringste auszulassen.

»Ich erzähl's Ihnen von Anfang an«, sagte er. »Meine Schicht geht von zehn Uhr abends bis sechs Uhr morgens. Um elf hat's 'ne Schlägerei im White Hart gegeben; aber davon mal abgesehen war auf meiner Runde alles ganz ruhig. Um eins hat's angefangen zu regnen, und ich hab' Harry Murcher getroffen – der geht die Runde am Holland Grove –, und wir haben an der Ecke Henrietta Street gestanden und geklönt. 'n bißchen später – vielleicht so um die zwei oder kurz danach – hab' ich mir gedacht, ich geh' noch mal nach der Brixton Road und seh' da nach dem Rechten. Es war ziemlich schmutzig und einsam. Auf dem ganzen Weg hab' ich keine Menschenseele getroffen, nur ein oder zwei Droschken sind an mir vorbeigekommen. Wie ich da so langgeh' und, unter uns gesagt, denk', wie nett jetzt 'n Pott heißer Gin wär', seh' ich plötzlich 'n Licht im Fenster von dem Haus leuchten. Nun weiß ich aber, daß die zwei Häuser da in Lauriston Gardens leer stehen, weil der, dem sie gehören, nichts an den Abflüssen tun will, obwohl doch der letzte Mieter, der in einem von denen gelebt hat, an Typhus gestorben ist. Deshalb bin ich wie vom Donner getroffen, wie ich da das Licht im Fenster seh', und ich nehm' an, irgendwas stimmt da nicht. Wie ich zur Tür komm' ...«

»Sie sind stehengeblieben und dann zurück zum Gartentor gegangen«, unterbrach mein Gefährte. »Warum haben Sie das gemacht?«

Rance schrak heftig zusammen und starrte Sherlock Holmes an; seine Züge spiegelten äußerste Verwirrung wider. »Also, das stimmt, Sir«, sagte er; »aber der liebe Himmel mag wissen, wie Sie das wissen können. Sehen Sie: Wie ich zur Tür komme, da ist alles so still und einsam, daß ich mir denk', es kann nicht schaden, wenn ich jemand bei mir hab'. Ich hab' keine Angst vor irgendwas auf dieser Seite vom Grab; aber ich hab' mir gedacht, vielleicht ist das der, wo am Typhus gestorben ist, und der sieht sich jetzt die Abflüsse an, die ihn umgebracht haben. Der Gedanke hat mich ein bißchen erschreckt, und deshalb bin ich zum Tor zurück, um zu sehen, ob ich Murchers Laterne sehen kann, aber da war weder von ihm noch von sonst wem irgendwas zu sehen.«

»Auf der Straße war niemand?«

»Keine Menschenseele, Sir, nicht mal 'n Hund. Dann reiß' ich mich zusammen und geh' zurück und stoß' die Tür auf. Drinnen ist alles ruhig, also geh' ich in den Raum, wo das Licht brennt. Da steht 'ne Kerze auf'm Kamin und flackert – rotes Wachs – und in dem Licht seh' ich ...«

»Ja, ich weiß alles, was Sie gesehen haben. Sie sind mehrmals durch den Raum gegangen, haben sich neben die Leiche gekniet, und dann sind Sie aus dem Raum gegangen und haben die Küchentür untersucht, und dann ...«

John Rance sprang auf, mit einem entsetzten Gesicht und Argwohn in den Augen. »Wo haben Sie sich versteckt, daß Sie

*John Rance sprang auf, mit einem entsetzten Gesicht.*

das alles gesehen haben?« rief er. »Mir scheint, Sie wissen viel mehr, als Sie wissen sollten.«

Holmes lachte und warf dem Constable seine Karte über den Tisch zu. »Kommen Sie nicht auf den Gedanken, mich für den Mord festzunehmen«, sagte er. »Ich bin einer von den Jagdhunden, nicht der Wolf; Mr. Gregson oder Mr. Lestrade werden Ihnen das bestätigen. Aber machen Sie weiter. Was haben Sie als nächstes getan?«

Rance setzte sich wieder; sein Gesicht verlor jedoch nicht den ratlosen Ausdruck. »Ich bin zurück zum Tor gegangen und hab' gepfiffen, auf meiner Pfeife. Das hat Murcher und noch zwei hergeholt.«

»War die Straße zu diesem Zeitpunkt leer?«

»Na ja, war sie, jedenfalls soweit das Leute betrifft, die irgend was getaugt haben.«

»Was meinen Sie damit?«

Die Züge des Constables veränderten sich zu einem breiten Grinsen. »Ich hab' in meinem Leben schon so manchen Besoffenen gesehen«, sagte er, »aber noch keinen, der so randvoll war wie der Junge. Er hat am Tor gestanden, wie ich rausgekommen bin, am Geländer gelehnt und so laut er kann über Columbines neumodisches Fähnchen oder so was gesungen. Der hat nicht mehr allein stehen können, von helfen nicht zu reden.«

»Was für ein Mann war das?« fragte Sherlock Holmes.

John Rance wirkte bei dieser Abschweifung ein wenig irritiert. »Das war ein ungewöhnlich besoffener Mann«, sagte er. »Der hätte mit aufs Revier gemußt, wenn wir nicht beschäftigt gewesen wären.«

»Sein Gesicht – seine Kleidung – haben Sie sich nichts davon gemerkt?« unterbrach Holmes ihn ungeduldig.

»Klar hab' ich mir das gemerkt, ich hab' ihn doch stützen müssen – ich und Murcher, zusammen. Er war so'n langer Kerl, mit 'nem roten Gesicht, das unten rum vermummt ...«

»Das reicht«, rief Holmes. »Was ist aus ihm geworden?«

»Wir hatten genug zu tun, ohne uns um ihn zu kümmern«, sagte der Polizist mit gekränkter Stimme. »Der ist bestimmt irgendwie nach Hause gekommen.«

»Wie war er gekleidet?«

»Er hatte 'nen braunen Gehrock an.«

»Hatte er eine Peitsche in der Hand?«

»'ne Peitsche? Nein.«

»Er muß sie zurückgelassen haben«, murmelte mein Gefährte. »Sie haben danach keine Droschke gehört oder gesehen?«

»Nein.«

»Hier ist ein halber Sovereign für Sie«, sagte mein Gefährte; er stand auf und nahm seinen Hut. »Ich fürchte, Rance, Sie werden in der Truppe nie aufsteigen. Ihr Kopf da, den sollten Sie nicht zur Zierde tragen, sondern auch gebrauchen. Letzte Nacht hätten Sie sich Ihre Sergeanten-Streifen verdienen können. Der Mann, den Sie in der Hand hatten, ist der Mann, der den Schlüssel zum ganzen Rätsel hat und den wir suchen. Aber es hat keinen Sinn, jetzt darüber zu streiten; ich sage Ihnen, daß es so ist. Kommen Sie, Doktor.«

Wir machten uns gemeinsam auf den Weg zur Droschke und ließen unseren Informanten ungläubig, aber sichtlich unbehaglich zurück.

»*Das war ein ungewöhnlich besoffener Mann.*«

»So ein Stümper, ein Narr!« sagte Holmes erbittert, als wir zu unserer Wohnung zurückfuhren. »Man stelle sich vor: So ein unvergleichliches Glück zu haben und es nicht auszunutzen.«

»Mir ist noch immer alles ziemlich dunkel. Es stimmt zwar, daß die Beschreibung dieses Mannes zu der zweiten Person in diesem Rätsel paßt, so wie Sie es geschildert haben. Aber warum sollte er zum Haus zurückkommen, nachdem er es verlassen hat? Das ist doch nicht die Art von Verbrechern.«

»Der Ring, Mann, der Ring: Deshalb ist er zurückgekommen. Wenn wir ihn nicht auf eine andere Weise bekommen, können wir immer noch den Ring als Köder verwenden. Ich werde ihn erwischen, Doktor – ich wette zwei zu eins mit Ihnen, daß ich ihn erwischen werde. Ich muß Ihnen für alles danken. Ohne Sie wäre ich vielleicht nicht hingefahren und hätte so die beste Studie verpaßt, die mir je untergekommen ist: eine Studie in Scharlachrot, eh? Warum sollten wir nicht ein wenig Kunstjargon verwenden? Der scharlachrote Faden des Mordes verläuft durch das farblose Knäuel des Lebens, und unsere Pflicht ist es, ihn zu entwirren, zu isolieren und jeden Zoll davon bloßzulegen. Und jetzt ein Lunch, und danach die Norman-Neruda. Ihr Ansatz und ihre Bogenführung sind prächtig. Wie heißt das nette Ding von Chopin, das sie so großartig spielt: Tra-la-la-lira-lira-lay?«

So lehnte dieser *amateur*-Bluthund sich in der Droschke zurück und trällerte wie eine Lerche vor sich hin, während ich über die vielerlei Seiten des menschlichen Geistes nachdachte.

*Our mornings's exertions had been too much for my weak health ...*

# Unsere Annonce führt uns einen Besucher zu

Unsere morgendlichen Anstrengungen waren für meine schwächliche Gesundheit zu viel gewesen, und nachmittags war ich erschöpft. Nachdem Holmes zum Konzert aufgebrochen war, legte ich mich auf das Sofa und versuchte, einige Stunden Schlafes zu finden. Mein Geist war jedoch von allem Vorgefallenen allzu erregt, und die seltsamsten Phantasien und Vermutungen drängten sich in meinem Kopf. So oft ich meine Augen schloß, sah ich die verzerrte, pavianische Fratze des Ermordeten vor mir. Der Eindruck dieses Gesichts war so unheimlich, daß es mir schwerfiel, für den, der den Besitzer dieses Gesichts aus der Welt geschafft hatte, etwas anderes als Dankbarkeit zu empfinden. Wenn es jemals menschliche Züge gegeben hat, die von Laster der bösartigsten Sorte sprachen, dann sicher die von Enoch J. Drebber aus Cleveland. Dennoch sah ich ein, daß Gerechtigkeit geübt werden mußte und daß die Verworfenheit des Opfers in den Augen des Gesetzes keine Entschuldigung darstellt.

Je länger ich darüber nachdachte, desto außergewöhnlicher erschien mir die Hypothese meines Gefährten, derzufolge der Mann vergiftet worden war. Ich erinnerte mich, wie Holmes an den Lippen des Toten gerochen, und ich zweifelte nicht daran, daß er etwas entdeckt hatte, was ihm diese Idee eingab. Und wenn es nicht Gift war, was hätte dann den Tod des Mannes verursachen können, da es ja weder eine Wunde noch Würgemale gab? Andererseits jedoch: Wessen war die große Menge Blutes, die sich auf dem Boden gefunden hatte? Es gab weder Anzeichen für einen Kampf noch hatte das Opfer eine Waffe besessen, mit der ein Gegner hätte verwundet werden können. Solange all diese Fragen ungelöst waren, dachte ich, würde es weder für Holmes noch für mich einfach sein, Schlaf zu finden. Sein ruhiges, selbstsicheres Verhalten überzeugte mich, daß er bereits eine Theorie aufgestellt hatte, die alle Tatsachen erklärte, doch in keiner Weise vermochte ich zu erschließen, wie diese Theorie aussehen mochte.

Er kam sehr spät zurück – so spät, daß ich wußte, daß nicht das Konzert ihn die ganze Zeit aufgehalten haben konnte. Das Abendessen stand auf dem Tisch, ehe er erschien.

»Es war großartig«, sagte er, während er sich niederließ. »Erinnern Sie sich an das, was Darwin über Musik sagt? Er behauptet, die Fähigkeit, sie hervorzubringen und zu schätzen, sei der menschlichen Rasse längst eigen gewesen, bevor die Sprache gemeistert wurde. Vielleicht ist das der Grund, aus dem wir von ihr so subtil beeinflußt werden. In unseren Seelen befinden sich vage Erinnerungen an jene nebelhaften Jahrhunderte, da die Welt noch in ihrer Kindheit war.«

»Das ist eine ziemlich weitreichende Vorstellung«, bemerkte ich.

»Unsere Vorstellungen müssen so weit reichen wie die Natur selbst, wenn sie die Natur deuten sollen«, antwortete er. »Was ist mit Ihnen? Sie sehen nicht sehr gut aus. Diese Sache in der Brixton Road hat Sie mitgenommen.«

»Um die Wahrheit zu sagen, ja«, erwiderte ich. »Nach meinen afghanischen Erfahrungen sollte ich eigentlich abgehärteter sein. In Maiwand habe ich meine eigenen Kameraden gesehen, wie sie in Stücke gehackt wurden, ohne daß ich meine Nerven verlor.«

»Ich kann Sie verstehen. Hierbei ist ein Rätsel, das die Phantasie aufreizt; wo keine Phantasie ist, da ist auch kein Grauen. Haben Sie die Abendzeitung gesehen?«

»Nein.«

»Sie enthält einen ganz guten Bericht über die Angelegenheit. Darin wird nicht erwähnt, daß, als der Mann aufgehoben wurde, der Trauring einer Frau zu Boden gefallen ist. Es ist gut, daß das nicht erwähnt wird.«

»Warum?«

»Schauen Sie sich diese Annonce an«, antwortete er. »Ich habe heute morgen, unmittelbar nach der Affäre, den Text an alle Zeitungen schicken lassen.«

Er warf mir die Zeitung zu, und ich betrachtete die von ihm bezeichnete Stelle. Es handelte sich um die erste Annonce unter der Rubrik »Gefunden«. Sie lautete: »Heute früh wurde in der Brixton Road, auf der Fahrbahn zwischen der White Hart Tavern und Holland Grove, ein einfacher goldener Trauring gefunden. Anfragen an Dr. Watson, 221B, Baker Street, zwischen acht und neun Uhr heute abend.«

»Verzeihen Sie, daß ich Ihren Namen verwendet habe«, sagte er. »Wenn ich meinen eigenen genommen hätte, dann hätte einer dieser Dummköpfe ihn womöglich erkannt und sich in die Sache einmischen wollen.«

»Das geht in Ordnung«, antwortete ich. »Aber angenommen, jemand meldet sich – ich habe keinen Ring.«

»Oh doch, den haben Sie wohl«, sagte er; er reichte mir einen. »Der hier wird für den Zweck vollauf genügen. Er ist fast ein Faksimile.«

»Und wer wird sich, Ihrer Meinung nach, auf diese Anzeige melden?«

»Na, der Mann im braunen Mantel – unser blühender Freund mit den eckigen Zehen. Wenn er nicht selbst kommt, wird er einen Komplizen schicken.«

»Wird er das nicht für zu gefährlich halten?«

»Keineswegs. Wenn meine Sicht des Falles korrekt ist, und ich habe allen Grund, dies anzunehmen, dann würde der Mann alles riskieren, um nicht den Ring zu verlieren. Wie ich es sehe, hat er ihn verloren, als er sich über Drebbers Leichnam beugte, und zunächst hat er ihn nicht vermißt. Nachdem er aus dem Haus war, hat er seinen Verlust bemerkt und ist zurückgeeilt, aber da hat er bereits die Polizei dort vorgefunden, dank seiner eigenen Dummheit, weil er die Kerze hatte brennen lassen. Er mußte den Betrunkenen spielen, um allen Verdacht zu beschwichtigen, den sein Auftauchen am Tor hätte hervorrufen können. Nun versetzen Sie sich in die Lage des Mannes. Wenn er die Sache überdenkt, muß es ihm als möglich erscheinen, daß er den Ring auf der Straße verloren, nachdem er das Haus verlassen hatte. Was soll er nun tun? Er wird ungeduldig auf die Abendzeitungen warten, in der Hoffnung, den Ring unter den gefundenen Gegenständen zu sehen. Natürlich wird sein Auge darauf fallen. Er wird überglücklich sein. Warum sollte er befürchten, daß es eine Falle ist? In seinen Augen gibt es doch keinen Grund, den Fund des Rings mit dem Mord zusammenzubringen. Also müßte er kommen. Er wird kommen. Innerhalb einer Stunde werden Sie ihn sehen.«

»Und dann?« fragte ich.

»Ach, Sie können es mir überlassen, mit ihm fertig zu werden. Haben Sie irgendeine Waffe?«

»Ich habe meinen alten Armeerevolver und ein paar Patronen.«

»Dann sollten Sie ihn besser reinigen und laden. Der Mann wird verzweifelt und zu allem entschlossen sein; und wenn ich ihn auch überraschen werde, kann es doch nicht schaden, auf alles vorbereitet zu sein.«

Ich ging in meinen Schlafraum und folgte seinem Ratschlag. Als ich mit der Waffe zurückkehrte, war der Tisch abgeräumt, und Holmes hatte sich seiner Lieblingsbeschäftigung ergeben: Er kratzte auf der Geige herum.

»Die Sache verdichtet sich«, sagte er, als ich eintrat. »Ich habe eben eine Antwort auf mein Telegramm nach Amerika erhalten. Meine Sicht des Falles ist korrekt.«

»Und zwar?« fragte ich neugierig.

»Meine Fiedel könnte neue Saiten vertragen«, bemerkte er. »Stecken Sie Ihren Revolver ein. Wenn der Bursche kommt, dann reden Sie ganz normal mit ihm. Überlassen Sie mir alles andere. Erschrecken Sie ihn nicht, indem Sie ihn zu scharf ansehen.«

»Es ist jetzt acht«, sagte ich mit einem Blick auf meine Uhr.

»Ja. Er wird vermutlich in ein paar Minuten hier sein. Lehnen Sie die Tür an. Das reicht. Nun stecken Sie den Schlüssel auf der Innenseite ins Schloß. Danke! Dies hier ist ein komisches altes Buch, das ich gestern an einem Stand gefunden habe – *De Iure inter Gentes*, veröffentlicht auf Lateinisch in Lüttich, 1642. Der Kopf von Charles saß noch fest auf seinen Schultern, als dieses kleine Buch mit braunem Rücken in Umlauf gebracht wurde.«

»Wer hat es gedruckt?«

»Philippe de Croy, wer immer das gewesen sein mag. Auf dem Vorsatzblatt steht in arg verblichener Tinte ›Ex libris Gulielmi Whyte‹. Ich wüßte gern, wer William Whyte war. Ein pragmatischer Anwalt des siebzehnten Jahrhunderts, nehme ich an. Seine Handschrift hat einen gewissen rechtlichen Dreh. Ich glaube, da kommt unser Mann.«

Während er dies sagte, wurde die Türglocke heftig betätigt. Sherlock Holmes erhob sich leise und schob seinen Stuhl in Richtung Tür. Wir hörten die Dienerin durch die Diele gehen und dann das scharfe Klicken der Klinke, als sie sie drückte.

»Wohnt Dr. Watson hier?« fragte eine helle, aber eher harsche Stimme. Wir konnten die Antwort der Dienerin nicht hören, aber die Tür schloß sich wieder, und jemand kam die Treppe herauf. Die Schritte waren unsicher; sie schlurften. Ein Ausdruck der Überraschung trat in das Gesicht meines Gefährten, während er lauschte. Langsam näherten sich die Schritte auf dem Gang, und dann erfolgte ein schwaches Klopfen an der Tür.

»Herein!« rief ich.

Auf meine Aufforderung hin humpelte statt des erwarteten gewalttätigen Mannes eine sehr alte, runzlige Frau in den Raum. Das jähe grelle Licht schien sie zu blenden, und nach einem kurzen Knicks stand sie dort, blinzelte uns mit ihren trüben Augen an und fingerte mit nervöser, zittriger Hand in ihrer Tasche. Ich warf meinem Gefährten einen Blick zu, und sein Gesicht hatte einen derart untröstlichen Ausdruck angenommen, daß ich Mühe hatte, die Fassung zu bewahren.

Das alte Hutzelweib zog eine Abendzeitung hervor und wies auf unsere Annonce. »Das ist's, was mich hergebracht hat, werte Gentlemen«, sagte sie; dabei knickste sie abermals. »Ein goldener Trauring in der Brixton Road. Er gehört meiner Tochter Sally, die wo jetzt genau ein Jahr verheiratet ist, und

*Das alte Hutzelweib zog eine Abendzeitung hervor
und wies auf unsere Annonce.*

was ihr Mann ist, der ist nämlich Steward auf 'nem Schiff der Union Line, und was er wohl sagt, wenn er heimkommt und findet, daß sie ihren Ring nicht mehr hat, daran will ich lieber nicht denken, wo er doch wenig Geduld hat, auch wenn alles stimmt, und besonders, wenn er was getrunken hat. Sie ist nämlich, bitte sehr, in den Zirkus gegangen, gestern abend, mit ...«

»Ist das ihr Ring?« fragte ich.

»Dem Himmel sei Dank!« rief die alte Frau. »Sally wird heute abend eine glückliche Frau sein. Das ist der Ring.«

»Und was ist bitte Ihre Adresse?« fragte ich; ich ergriff einen Bleistift.

»13, Duncan Street, Houndsditch. Weit weg von hier.«

»Die Brixton Road liegt aber zwischen keinem Zirkus und Houndsditch«, sagte Sherlock Holmes schroff.

Die alte Frau wandte sich um und sah ihn scharf aus ihren kleinen, rotgeränderten Augen an. »Der Gentleman hat mich nach *meiner* Adresse gefragt«, sagte sie. »Sally wohnt zur Miete in Nr. 3, Mayfield Place, Peckham.«

»Und Sie heißen ...?«

»Ich heiße Sawyer – sie heißt Dennis, weil sie mit Tom Dennis verheiratet ist – und ein guter, sauberer Junge ist das, solang er auf See ist, und in der ganzen Schiffahrtsgesellschaft ist kein Steward besser angesehen; aber an Land, was Frauen angeht und Schnapsläden ...«

»Hier ist Ihr Ring, Mrs. Sawyer«, unterbrach ich sie, auf ein Zeichen meines Gefährten hin. »Er gehört offensichtlich Ihrer Tochter, und ich freue mich, daß ich ihn seiner rechtmäßigen Besitzerin zurückgeben kann.«

Mit vielen gemurmelten Segenswünschen und Äußerungen der Dankbarkeit steckte die Alte ihn in die Tasche und schlurfte treppab und von hinnen. Im Augenblick, da sie gegangen war, sprang Sherlock Holmes auf und lief in sein Zimmer. Wenige Sekunden später kehrte er mit Ulster und Schal zurück. »Ich gehe ihr nach«, sagte er hastig. »Sie muß eine Komplizin sein und wird mich zu ihm führen. Bleiben Sie wach, bis ich zurück bin.« Die Haustür war kaum hinter unserer Besucherin ins Schloß gefallen, da lief Sherlock Holmes auch schon die Treppe hinunter. Als ich aus dem Fenster blickte, konnte ich sie sehen, wie sie hinfällig auf der gegenüberliegenden Straßenseite ging, während ihr Verfolger ihr mit geringem Abstand auf den Fersen blieb. ›Entweder ist seine ganze Theorie falsch‹, dachte ich bei mir, ›oder sie führt ihn jetzt zum Kern des Rätsels.‹ Er hätte mich nicht auffordern müssen, wach zu bleiben, denn ich wußte, daß ich nicht würde schlafen können, ehe ich nicht das Ergebnis seines Abenteuers kannte.

Als er aufbrach, war es kurz vor neun Uhr. Ich wußte nicht, wie lange er ausbleiben würde; ich saß jedoch gleichmütig dort, sog an meiner Pfeife und überflog die Seiten von Henri Murgers *Vie de Bohème*. Zehn Uhr war vorbei, und ich hörte die Trappelschritte des Mädchens, das zu Bett ging. Elf, und der gemessenere Schritt der Wirtin passierte meine Tür, mit nämlichem Ziel. Es war kurz vor zwölf, als ich das helle Klirren seines Türschlüssels hörte. Im Augenblick, da er eintrat, sah ich an seinem Gesicht, daß er keinen Erfolg gehabt hatte. Vergnügen und Bekümmerung schienen um die Herrschaft über ihn zu streiten, aber dann gewann ersteres die Oberhand, und er brach in ein herzliches Gelächter aus.

*Ihr Verfolger blieb ihr mit geringem Abstand auf den Fersen.*

»Die Scotland-Yard-Leute dürfen um alles in

der Welt nichts davon erfahren«, rief er; er ließ sich in seinen Sessel fallen. »Ich habe sie so oft aufgezogen, daß sie bis ans Ende aller Tage davon reden würden. Ich kann es mir aber leisten zu lachen, weil ich weiß, daß ich *à la longue* mit ihnen gleichziehen werde.«

»Was ist denn nun geschehen?« fragte ich.

»Ach, es macht mir nichts aus, eine Geschichte zu erzählen, die gegen mich spricht. Diese Kreatur war noch nicht weit gegangen, da hat sie angefangen zu hinken und war allem Anschein nach fußkrank. Bald ist sie stehengeblieben und hat eine Droschke angehalten, die vorbeikam. Ich hatte es fertiggebracht, nah bei ihr zu sein, damit ich die Adresse hören konnte, aber ich hätte mir nicht so viel Mühe zu machen brauchen, sie hat sie nämlich laut genug gerufen, man hätte es auf der anderen Straßenseite hören können: ›Fahren Sie zu Nr. 13, Duncan Street, Houndsditch.‹ Das hat sie gerufen. Ich dachte, das fängt ja an, echt auszusehen, und als ich sicher war, daß sie im Wagen saß, bin ich hinten aufgesessen. Das ist eine Kunst, in der jeder Detektiv Experte sein sollte. Na ja, wir rattern also los und halten nicht an, bevor wir die fragliche Straße erreicht haben. Ich bin abgesprungen, ehe wir zum Haus kamen, und bin die Straße hinuntergeschlendert. Ich habe den Wagen halten sehen. Der Fahrer ist abgesprungen, ich sehe, wie er die Tür öffnet und erwartungsvoll dasteht. Aber nichts ist herausgekommen. Als ich ihn erreiche, wühlt er wie wild in der leeren Kabine herum und macht sich Luft mit der feinsten assortierten Sammlung von Flüchen, die ich je gehört habe. Sein Passagier war weder zu sehen noch waren Spuren zu finden, und ich fürchte, es wird eine Weile dauern, bis der Fahrer den Fahrpreis erhält. Als wir uns in Nr. 13 erkundigt haben, stellten wir fest, daß das Haus einem ehrbaren Tapezierer namens Keswick gehört und daß man dort niemanden namens Sawyer oder Dennis kennt.«

»Sie wollen doch nicht etwa sagen«, rief ich verblüfft, »daß diese tatterige, schwache alte Frau imstande war, auszusteigen, während die Droschke fuhr, und daß weder Sie noch der Fahrer sie gesehen haben?«

»Alte Frau – zum Teufel!« sagte Sherlock Holmes schroff. »Wir waren alte Weiber, daß man uns so hereingelegt hat. Es muß ein junger Mann gewesen sein, körperlich tüchtig dazu, abgesehen davon, daß er ein unvergleichlicher Schauspieler ist. Die Aufmachung war unnachahmlich. Er hat zweifellos bemerkt, daß er verfolgt wurde, und dann hat er sich auf diese Weise aus dem Staub gemacht. Das beweist, daß der Mann, hinter dem wir her sind, nicht so einsam ist, wie ich angenommen hatte, sondern Freunde hat, die bereit sind, für ihn etwas zu riskieren. Doktor, Sie sehen ganz erledigt aus. Hören Sie auf meinen Rat und legen Sie sich hin.«

Ich fühlte mich allerdings sehr müde, also befolgte ich seine Anweisung. Ich ließ Holmes vor dem schwelenden Feuer zurück, und bis spät in die Nacht hinein hörte ich das leise, melancholische Klagen seiner Geige und wußte, daß er noch immer brütete über dem seltsamen Problem, das zu entwirren er sich vorgenommen hatte.

*The papers next day were full of the
»Brixton Mystery«, as they termed it …*

## Tobias Gregson zeigt, was er kann

Am nächsten Tag waren die Zeitungen voll vom »Brixton-Rätsel«, wie sie es nannten. Jede brachte einen langen Bericht von der Angelegenheit, und einige hatten zusätzlich Leitartikel darüber. Es fanden sich in den Zeitungen einige Informationen, die mir neu waren. In meinem Notizbuch habe ich noch immer zahlreiche Ausschnitte und Auszüge, die sich mit dem Fall beschäftigen. Hier nun eine Zusammenfassung einiger von ihnen:

Der *Daily Telegraph* bemerkte, in der Verbrechensgeschichte habe es kaum je eine Tragödie mit seltsameren Charakteristika gegeben. Der deutsche Name des Opfers, das Fehlen eines jeglichen Motivs und die sinistre Schrift an der Wand, all dies deute darauf hin, daß das Verbrechen von politischen Flüchtlingen und Revolutionären begangen worden sei. In Amerika seien die Sozialisten weitverzweigt, und der Verstorbene habe zweifellos ihre ungeschriebenen Gesetze übertreten und sei von ihnen zur Strecke gebracht worden. Nach ätherischen Anspielungen auf Femegericht, Aqua Tofana, Carbonari, die Marquise von Brinvilliers, Darwins Theorie, die Lehrsätze von Malthus und die Ratcliff-Highway-Morde schloß der Artikel damit, daß er die Regierung ermahnte und eine striktere Überwachung von Ausländern in England befürwortete.

Der *Standard* kommentierte die Tatsache, daß sich gesetzlose Gewalttaten dieser Art gemeinhin unter liberalen Regierungen zu ereignen pflegten. Sie ergäben sich daraus, daß man den Massen den Kopf verwirre, was folgerichtig jede Autorität schwäche. Der Verstorbene sei ein amerikanischer Gentleman gewesen, der sich einige Wochen lang in der Metropole aufgehalten habe. Er habe im Gästehaus von Madame Charpentier, Torquay Terrace, Camberwell, geweilt. Auf Reisen habe ihn sein Privatsekretär Mr. Joseph Stangerson begleitet. Am Dienstag, dem 4. des lfd., hätten die beiden sich von ihrer Wirtin verabschiedet und sich zur Euston Station begeben, in der erklärten Absicht, den Expreß nach Liverpool zu nehmen. Später seien sie gemeinsam auf dem Bahnsteig gesehen worden. Weiteres wisse man nicht über sie, bis schließlich, wie gemeldet, Mr. Drebbers Leichnam in einem leerstehenden Haus in der Brixton Road aufgefunden wurde, viele Meilen von Euston entfernt. Wie er dorthin gelangt sei oder wie er sein Schicksal erlitten habe, seien Fragen, die noch der Ruch des Mysteriums umgebe. Gänzlich unbekannt sei der Aufenthalt von Mr. Stangerson. Man freue sich zu erfahren, daß Mr. Lestrade und Mr. Gregson, beide von Scotland Yard, mit dem Fall befaßt seien, und setze vertrauensvoll voraus, daß diese wohlbekannten Beamten alsbald Licht in diese Angelegenheit brächten.

Die *Daily News* bemerkte, es gebe keinen Zweifel an der politischen Natur dieses Verbrechens. Der Despotismus und Liberalenhaß der kontinentalen Regierungen habe die Wirkung gezeigt, an unsere Gestade eine große Anzahl von Männern zu spülen, aus denen hervorragende Bürger hätten werden können, wenn sie nicht durch die Erinnerung an all das, was sie erlitten, verbittert wären. Unter diesen Männern gebe es einen verbindlichen Ehrenkodex, den auch nur im mindesten zu übertreten mit dem Tode bestraft werde. Man solle keine Anstrengung scheuen, den Sekretär Stangerson ausfindig zu machen und sich einiger besonderer Gewohnheiten des Verstorbenen zu vergewissern. Es sei ein großer Fortschritt gewesen, die Anschrift des Hauses zu ermitteln, in welchem er in Pension gelebt habe – ein Erfolg, der allein dem Scharfsinn und der Tatkraft von Mr. Gregson, Scotland Yard, zu verdanken sei.

Sherlock Holmes und ich überflogen diese Artikel gemeinsam beim Frühstück, und ihn schienen sie beträchtlich zu erheitern.

»Ich habe es Ihnen doch gesagt – was auch immer geschieht, Lestrade und Gregson ernten bestimmt die Lorbeeren.«

»Das hängt davon ab, wie die Sache ausgeht.«

»Gott segne Ihre Einfalt, Watson, aber davon hängt es überhaupt nicht ab. Wenn der Mann gefaßt wird, dann *wegen* ihrer Bemühungen; wenn er entkommt, dann *trotz* ihrer Bemühungen. Was sie auch tun, sie werden Bewunderer finden. *Un sot trouve toujours un plus sot qui l'admire.*«

»Was um alles in der Welt ist das?« rief ich, denn in diesem Augenblick hörte ich das Trappeln vieler Füße in der Diele und auf der Treppe, begleitet von hörbaren Ausdrücken des Abscheus seitens unserer Wirtin.

»Das ist die Baker-Street-Abteilung der Kriminalpolizei«, sagte mein Gefährte ernst; noch während er sprach, stürzte ein halbes Dutzend der schmutzigsten und zerlumptesten Straßenjungen, die ich je gesehen hatte, in den Raum.

»Aaachtung!« rief Holmes scharf, und die sechs schmutzigen Ganoven nahmen Haltung an wie unreputierliche Standbilder. »In Zukunft schickt ihr nur Wiggins zur Berichterstattung herauf, und der Rest wartet solange auf der Straße. Habt ihr es gefunden, Wiggins?«

*»Das ist die Baker-Street-Abteilung der Kriminalpolizei.«*

»Nee, Sir, ha'm wir nich'«, sagte einer der Jungen.

»Das hatte ich auch kaum erwartet. Ihr müßt weitermachen, bis ihr es habt. Hier ist euer Lohn.« Er gab jedem von ihnen einen Shilling. »Jetzt macht, daß ihr wegkommt, und laßt euch das nächste Mal mit einem besseren Bericht blicken.«

Er machte eine Handbewegung; sie tollten die Treppen hinab wie die Ratten, und im nächsten Moment hörten wir ihre schrillen Stimmen auf der Straße.

»Ein einziger von diesen kleinen Bettlern kann bessere Arbeit leisten als ein ganzes Dutzend Polizisten«, bemerkte Holmes. »Der bloße Anblick einer offiziell dreinschauenden Person versiegelt die Lippen der Leute. Diese Jungen dagegen kommen überall hin und hören alles. Außerdem sind sie aufmerksam wie die Schießhunde; man braucht sie bloß zu organisieren.«

»Haben Sie sie auf diesen Brixton-Fall angesetzt?« fragte ich.

»Ja. Es gibt da einen Punkt, den ich klären möchte. Das ist nur eine Frage der Zeit. Hallo! Wir werden gleich einige bemerkenswerte Neuigkeiten zu hören bekommen. Da kommt Gregson die Straße herab, und in allen Gesichtszügen trägt er Glückseligkeit geschrieben. Ich weiß, daß er zu uns will. Ja, er bleibt stehen. Da ist er schon!«

Jemand zerrte heftig an der Türglocke, und einige Sekunden später stürmte der blonde Detektiv die Treppe herauf, drei Stufen auf einmal, und platzte in unseren Wohnraum.

»Mein lieber Mann«, rief er, wobei er Holmes' zurückhaltend schlaffe Hand zerquetschte, »beglückwünschen Sie mich! Ich habe alles restlos aufgeklärt!«

Mir schien, daß ein Anflug von Besorgnis das ausdrucksvolle Gesicht meines Gefährten überzog.

»Sie meinen, Sie sind auf der richtigen Spur?« fragte er.

»Richtige Spur! Nein, Sir, wir haben den Mann hinter Schloß und Riegel.«

»Und wie heißt er?«

»Arthur Charpentier, Unterleutnant in der Flotte Ihrer Majestät«, rief Gregson prahlerisch; er rieb sich die fetten Hände und wölbte die Brust.

Sherlock Holmes seufzte erleichtert und entspannte sich zu

einem Lächeln. »Setzen Sie sich und nehmen Sie eine dieser Zigarren«, sagte er. »Wir brennen darauf zu erfahren, wie Sie das gemacht haben. Möchten Sie ein wenig Whisky und Wasser?«

»Ich hätte nichts dagegen«, erwiderte der Detektiv. »Die ungeheuren Anstrengungen, die ich in den letzten ein oder zwei Tagen auf mich genommen habe, haben mich ausgelaugt. Nicht so sehr körperliche Anstrengungen, verstehen Sie mich recht, sondern die geistige Mühsal. Sie werden das sicher einschätzen können, Mr. Sherlock Holmes; wir sind ja beide Kopfarbeiter.«

»Sie tun mir zuviel der Ehre an«, sagte Holmes ernst. »Lassen Sie uns hören, wie Sie zu diesem überaus befriedigenden Ergebnis gelangt sind.«

Der Detektiv setzte sich in den Lehnsessel und paffte selbstgefällig an seiner Zigarre. In einem Anfall von Erheiterung schlug er sich dann plötzlich auf den Oberschenkel.

»Was mir dabei den meisten Spaß macht«, rief er, »ist, daß dieser Narr Lestrade, der sich für sehr schlau hält, einer völlig falschen Fährte nachgeht. Er ist hinter diesem Sekretär Stangerson her, der mit dem Verbrechen doch nicht mehr zu tun hatte als ein ungeborenes Kind. Ich habe keinen Zweifel, daß er ihn inzwischen geschnappt hat.«

Diese Idee amüsierte Gregson so sehr, daß er lachte, bis er keine Luft mehr bekam.

»Und woher haben Sie Ihre Hinweise bekommen?«

»Ah, ich will Ihnen alles darüber erzählen. Natürlich, Dr. Watson, muß das ganz unter uns bleiben. Die erste Schwierigkeit, mit der wir fertig zu werden hatten, war, etwas über das Vorleben dieses Amerikaners herauszufinden. Manche Leute hätten sicher gewartet, bis man auf ihre Anzeigen antwortet oder bis jemand sich meldet und freiwillig Informationen beisteuert. Aber das ist nicht die Arbeitsweise von Tobias Gregson. Erinnern Sie sich an den Hut neben dem Toten?«

»Ja«, sagte Holmes. »Er stammt von John Underwood and Sons, 129, Camberwell Road.«

Gregson blickte ganz niedergeschlagen drein.

»Ich hatte keine Ahnung, daß Sie das bemerkt hatten«, sagte er. »Sind Sie bei ihnen gewesen?«

»Nein.«

»Ha!« rief Gregson; seine Stimme klang erleichtert. »Man sollte nie eine Möglichkeit ungenutzt lassen, so klein sie auch scheinen mag.«

»Einem großen Geist ist nichts klein«, bemerkte Holmes weise.

»Also, jedenfalls bin ich zu Underwood gegangen und habe ihn gefragt, ob er einen Hut dieser Art und Größe verkauft hat. Er hat seine Bücher durchgesehen und es sofort gefunden. Er hatte den Hut einem Mr. Drebber geschickt, der in Charpentiers Pension, Torquay Terrace, wohnte. So bin ich zu dieser Adresse gekommen.«

»Klug – sehr klug!« murmelte Sherlock Holmes.

»Als nächstes habe ich Madame Charpentier aufgesucht«, fuhr der Detektiv fort. »Sie war sehr bleich und verstört. Ihre Tochter war auch im Zimmer – ein ungewöhnlich hübsches Mädchen, übrigens; sie hatte rotgeränderte Augen, und ihre Lippen begannen zu beben, als ich sie angeredet habe. Das ist mir nicht entgangen. Sie kennen das Gefühl, Mr. Sherlock Holmes, wenn man weiß, daß man auf der richtigen Spur ist – eine Art Schauern in den Nerven. Ich frage also: ›Haben Sie von dem rätselhaften Tod Ihres Pensionsgasts Enoch J. Drebber aus Cleveland gehört?‹

Die Mutter hat genickt. Sie konnte aber kein Wort herausbringen. Die Tochter ist in Tränen ausgebrochen. Jetzt war ich ganz sicher, daß diese Leute etwas von der Angelegenheit wußten.

›Um wieviel Uhr hat Mr. Drebber Ihr Haus verlassen, um zum Bahnhof zu gehen?‹ frage ich.

›Um acht‹, sagt sie. Dabei schluckt sie heftig, um mit ihrer Erregung fertigzuwerden. ›Sein Sekretär, Mr. Stangerson, hat gesagt, es gibt zwei Züge – einen um neun Uhr fünfzehn und einen um elf. Er wollte den ersten erreichen.‹

›Und das war das Letzte, das Sie von ihm gesehen haben?‹

Als ich diese Frage gestellt habe, ist eine schreckliche Veränderung mit dem Gesicht der Frau vorgegangen. Ihre Züge sind absolut bleigrau geworden. Es hat ein paar Sekunden gedauert, bis sie ein einziges Wort, ›Ja‹, herausgebracht hat – und als es herauskam, kam es in einem ganz heiseren, unnatürlichen Tonfall.

Einen Moment lang hat danach Schweigen geherrscht, und dann hat die Tochter ganz ruhig und klar geredet.

›Aus Falschheit kann nie etwas Gutes kommen, Mutter‹, sagt sie. ›Wir sollten diesem Gentleman gegenüber offen sein. Wir haben Mr. Drebber doch noch einmal gesehen.‹

›Gott vergebe dir!‹ ruft Madame Charpentier; dabei hebt sie ihre Hände hoch und fällt in ihren Sessel zurück. ›Damit hast du deinen Bruder ermordet.‹

›Arthur wäre sicher dafür, daß wir die Wahrheit sagen‹, antwortet das Mädchen entschieden.

›Jetzt sollten Sie mir besser alles darüber erzählen‹, sage ich. ›Halbe Offenheit ist schlechter als gar keine. Abgesehen davon wissen Sie ja gar nicht, wieviel wir schon von der Sache wissen.‹

›Es soll über dein Haupt kommen, Alice!‹ ruft die Mutter; dann wendet sie sich an mich. ›Ich will Ihnen alles sagen, Sir. Glauben Sie bitte nicht, daß meine Erregung wegen meines Sohnes daher kommt, daß ich fürchte, er könnte etwas mit dieser schrecklichen Sache zu tun haben. Er ist völlig unschuldig. Ich fürchte aber, daß es für Sie und in den Augen anderer so aussehen kann, als hätte er sich kompromittiert. Das ist aber ganz unmöglich. Sein nobler Charakter, sein Beruf, sein bisheriges Leben sprechen dagegen.‹

›Sie sollten mir am besten Ihr Herz ausschütten und mir alle Tatsachen erzählen‹, antworte ich. ›Verlassen Sie sich darauf: Wenn Ihr Sohn unschuldig ist, wird ihm gar nichts geschehen.‹

›Vielleicht solltest du uns besser allein lassen, Alice‹, sagt sie, und ihre Tochter zieht sich zurück. ›Also, Sir‹, fährt sie fort, ›ich hatte nicht vor, Ihnen all das zu erzählen, aber da meine arme Tochter es verraten hat, bleibt mir keine Wahl. Nachdem ich mich nun einmal dazu entschlossen habe zu reden, will ich Ihnen alles erzählen und keine Einzelheit auslassen.‹

›Es ist das Klügste, was Sie tun können‹, sage ich.

›Mr. Drebber hat fast drei Wochen bei uns gewohnt. Er und sein Sekretär, Mr. Stangerson, hatten den Kontinent bereist. Ich habe Kopenhagen-Aufkleber auf all ihren Koffern gesehen, was heißt, daß das ihr letzter Aufenthaltsort gewesen ist. Stangerson ist ein ruhiger, zurückhaltender Mann, aber sein Dienstherr war ganz anders. Ich bedaure sehr, das sagen zu müssen. Er hatte rauhe Gewohnheiten und grobe Umgangsformen. Schon am Abend seiner Ankunft hat er sich sinnlos betrunken, und eigentlich kann man nicht sagen, daß er nach zwölf Uhr mittags je nüchtern gewesen wäre. Sein Verhalten den Dienstmädchen gegenüber war abstoßend freizügig und vertraulich. Am schlimmsten aber war, daß er sich meiner Tochter Alice gegenüber sehr bald genauso verhalten und sie mehr als einmal in einer Weise angeredet hat, die zu begreifen sie glücklicherweise zu unschuldig ist. Bei einer Gelegenheit hat er sie gar in die Arme genommen und an sich gedrückt – eine Schamlosigkeit, die sogar seinen eigenen Sekretär dazu gebracht hat, ihm unziemliches Verhalten vorzuwerfen.‹

›Aber warum haben Sie sich das alles gefallen lassen?‹ frage ich. ›Ich nehme doch an, daß Sie Ihre Pensionsgäste loswerden können, wenn Sie nur wollen.‹

Bei dieser gezielten Frage von mir wird Madame Charpentier rot. ›Bei Gott, ich wünschte, ich hätte ihm noch am Tag seiner Ankunft gekündigt‹, sagt sie. ›Aber die Versuchung war zu groß. Jeder von ihnen hat ein Pfund pro Tag gezahlt – vierzehn Pfund die Woche, und wir haben doch im Moment die schwache Saison. Ich bin Witwe, und mein Junge bei der Navy hat mich viel gekostet. Aber diese letzte Handlung war zu viel, und ich habe ihm deswegen gekündigt. Deshalb ist er dann auch gegangen.‹

›Und was weiter?‹ frage ich.

›Das Herz ist mir leicht geworden, als ich ihn habe abfahren sehen. Mein Sohn hat zur Zeit Urlaub, aber ich habe ihm nichts von alledem erzählt, er hat nämlich ein hitziges Temperament und liebt seine Schwester sehr. Als ich die Tür hinter ihnen geschlossen hatte, sind mir schwere Lasten von der Seele gefallen. Aber leider klingelte es weniger als eine Stunde später an der Tür, und Mr. Drebber war zurückgekommen. Er war sehr erregt und offenbar stark angetrunken. Er hat sich den Zugang zu dem Raum erzwungen, in dem ich mit meiner Tochter saß, und hat unzusammenhängende Bemerkungen darüber gemacht, daß er den Zug verpaßt hätte. Dann hat er

*»›Er hat sie beim Handgelenk gepackt und versucht,
sie zur Tür zu ziehen.‹«*

sich an Alice gewandt und ihr vor meinen Augen vorgeschlagen, mit ihm zu fliehen. ›Du bist doch erwachsen‹, hat er gesagt, ›und kein Gesetz kann dich aufhalten. Ich habe mehr Geld, als wir brauchen. Kümmer dich nicht um die alte Schachtel da, sondern komm mit mir, einfach so und jetzt gleich. Du wirst wie eine Prinzessin leben.‹ Die arme Alice war so erschrocken, daß sie vor ihm zurückgewichen ist, aber er hat sie beim Handgelenk gepackt und versucht, sie zur Tür zu ziehen. Ich habe geschrien, und in diesem Moment ist mein

Sohn Arthur ins Zimmer gekommen. Ich weiß nicht, was dann geschehen ist. Ich habe Flüche gehört und dumpfe Kampfgeräusche. Ich hatte allzu große Angst, um aufzublicken. Als ich schließlich meinen Kopf gehoben habe, sah ich Arthur lachend in der Tür stehen, mit einem Stock in der Hand. ›Ich glaube nicht, daß dieser feine Herr uns noch mal belästigt‹, sagt er. ›Ich gehe ihm nur nach, um zu sehen, was er jetzt macht.‹ Damit nimmt er seinen Hut und läuft hinaus auf die Straße. Am nächsten Morgen haben wir von Mr. Drebbers rätselhaftem Tod gehört.‹

Madame Charpentier hat diese Erklärung mit vielen Seufzern und Unterbrechungen abgegeben. Manchmal hat sie so leise gesprochen, daß ich kaum die einzelnen Wörter verstehen konnte. Ich habe aber stenographisch alles notiert, was sie gesagt hat, also dürfte es keine Möglichkeit eines Irrtums geben.«

»Das ist ziemlich aufregend«, sagte Sherlock Holmes gähnend. »Was ist dann geschehen?«

»Als Madame Charpentier eine Pause machte«, fuhr der Detektiv fort, »war mir klar, daß der ganze Fall von einem einzigen Punkt abhing. Ich habe sie in einer Weise, die sich Frauen gegenüber immer als sehr wirksam erwiesen hat, mit den Augen fixiert und sie gefragt, wann ihr Sohn zurückgekommen ist.

›Ich weiß es nicht‹, sagt sie.

›Sie wissen es nicht?‹

›Nein. Er hat einen Schlüssel und hat sich selbst eingelassen.‹

›Nachdem Sie zu Bett gegangen waren?‹

›Ja.‹

›Wann sind Sie zu Bett gegangen?‹

›Gegen elf.‹

›Ihr Sohn war also mindestens zwei Stunden lang fort?‹

›Ja.‹

›Vielleicht auch vier oder fünf?‹

›Ja.‹

›Was hat er in dieser ganzen Zeit gemacht?‹

›Ich weiß es nicht‹, antwortet sie; dabei wird sie bleich bis in die Lippen.

Danach gab es natürlich nichts anderes mehr zu tun. Ich habe festgestellt, wo Leutnant Charpentier sich aufhielt, zwei Beamte mitgenommen und ihn verhaftet. Als ich ihm die Hand auf die Schulter gelegt und ihn aufgefordert habe, ohne großes Aufsehen mit uns zu kommen, hat er uns frei heraus ins Gesicht gesagt: ›Ich nehme an, Sie verhaften mich, weil ich etwas mit dem Tod dieses Schurken Drebber zu tun habe.‹ Wir hatten ihm nichts darüber gesagt, also nimmt sich seine Anspielung darauf sehr verdächtig aus.«

»Und wie«, sagte Holmes.

»Er trug noch immer den schweren Stock bei sich, den er nach Beschreibung der Mutter hatte, als er Drebber gefolgt ist. Es war ein kräftiger Eichenknüppel.«

»Was ist denn nun Ihre Theorie?«

»Also, meine Theorie ist, daß er Drebber bis zur Brixton Road nachgegangen ist. Da ist es dann zwischen ihnen zu einem neuen Streit gekommen, und in dessen Verlauf hat Drebber einen Schlag mit dem Stock erhalten, vielleicht in die Magengrube, und das hat ihn getötet, ohne eine Wunde zu hinterlassen. In dieser Nacht hat es so sehr geregnet, daß niemand unterwegs war, also konnte Charpentier den Leichnam seines Opfers in das leerstehende Haus schleppen. Was die Kerze und das Blut und die Schrift an der Wand angeht, und den Ring, so kann es sich bei alledem um Tricks handeln, um die Polizei auf die falsche Fährte zu führen.«

»Gut gemacht!« sagte Holmes; seine Stimme klang ermutigend. »Also wirklich, Gregson, Sie machen sich. Aus Ihnen kann noch etwas werden.«

»Ich schmeichle mir, daß ich die Sache sehr schön erledigt habe«, erwiderte der Detektiv stolz. »Der junge Mann hat eine Aussage gemacht; darin behauptet er, er sei Drebber eine Weile gefolgt, dann habe dieser ihn bemerkt und eine Droschke genommen, um ihm zu entkommen. Auf dem Heimweg will er dann einen alten Schiffsgenossen getroffen und mit ihm einen langen Spaziergang unternommen haben. Auf die Frage, wo denn sein alter Schiffsgenosse wohnt, hat er keine befriedigende Antwort geben können. Ich glaube, alle Einzelteile des Falls passen ungewöhnlich gut zusammen. Ich muß aber lachen, wenn ich an Lestrade denke, der einer völlig falschen Fährte nachgeht. Ich fürchte, viel wird für ihn nicht dabei herauskommen. Aber beim Zeus – da ist er ja selbst!«

Es war tatsächlich Lestrade, der die Treppe heraufgekommen war, während wir redeten, und der nun den Raum betrat. Die selbstsichere Forschheit, die normalerweise seine Haltung und Kleidung auszeichnete, fehlte jedoch. Sein Gesicht war verstört und bekümmert, und seine Kleidung war in Unordnung und verschmutzt. Offenbar war er in der Absicht gekommen, sich mit Sherlock Holmes zu beraten, denn als er seinen Kollegen erblickte, wirkte er peinlich berührt und aus der Fassung gebracht. Er stand mitten im Zimmer, fummelte nervös an seinem Hut herum und war unentschlossen, was er als nächstes tun sollte. »Das ist ein ganz ungewöhnlicher Fall«, sagte er schließlich, »eine überaus unbegreifliche Angelegenheit.«

»Ach, finden Sie, Mr. Lestrade?« rief Gregson triumphierend. »Ich habe mir wohl gedacht, daß Sie zu dieser Schlußfolgerung gelangen würden. Ist es Ihnen gelungen, den Sekretär, Mr. Joseph Stangerson, zu finden?«

»Der Sekretär, Mr. Joseph Stangerson«, sagte Lestrade ernst, »wurde gegen sechs Uhr heute früh in Hallidays Pension ermordet.«

*The intelligence with which Lestrade greeted us
was so momentous and so unexpected ...*

# Licht in der Dunkelheit

Die Nachricht, mit der Lestrade uns begrüßte, war so gewichtig und so unerwartet, daß wir alle drei zunächst ganz sprachlos waren. Gregson sprang aus seinem Sessel auf und verschüttete den Rest seines verdünnten Whiskys. Ich starrte schweigend Sherlock Holmes an, der die Lippen zusammenpreßte und die Brauen über die Augen herabgezogen hatte.

»Stangerson also auch!« murmelte er. »Die Affäre verdichtet sich.«

»Sie war vorher schon dicht genug«, grollte Lestrade; er ergriff einen Stuhl. »Ich scheine ja in eine Art Kriegsrat geplatzt zu sein.«

»Sind Sie – sind Sie sicher, was diese Sache angeht?« stammelte Gregson.

»Ich bin eben aus seinem Zimmer gekommen«, sagte Lestrade. »Ich habe als erster entdeckt, was da passiert ist.«

»Wir haben uns Gregsons Ansichten in dieser Angelegenheit angehört«, bemerkte Holmes. »Würde es Ihnen etwas ausmachen, uns wissen zu lassen, was Sie gesehen und unternommen haben?«

»Ich habe nichts dagegen«, antwortete Lestrade; er ließ sich nieder. »Ich will offen zugeben, ich war der Meinung, Stangerson hätte etwas mit Drebbers Tod zu tun. Diese neue Entwicklung hat mir gezeigt, daß ich mich da vollkommen geirrt habe. Von dieser einen Idee erfüllt habe ich mich daran begeben herauszufinden, was aus dem Sekretär geworden war. Man hatte sie gegen halb acht am Abend des Dritten zusammen in Euston Station gesehen. Um zwei Uhr morgens wurde Drebber in der Brixton Road gefunden. Die Frage, die sich mir stellte, war nun, was Stangerson zwischen acht Uhr dreißig und dem Zeipunkt des Verbrechens getan hatte, und was danach aus ihm geworden war. Ich habe nach Liverpool telegraphiert, eine Beschreibung des Mannes durchgegeben und darum gebeten, alle amerikanischen Schiffe im Auge zu behalten. Dann habe ich mich daran begeben, alle Hotels und Pensionen nahe Euston Station aufzusuchen. Wissen Sie, ich habe mir gedacht, wenn Drebber und sein Gefährte getrennt wurden, ist es für letzteren das Nächstliegende, irgendwo in der näheren Umgebung eine Unterkunft für die Nacht zu suchen und sich am folgenden Morgen wieder am Bahnhof einzufinden.«

»Wahrscheinlich hätten sie sich doch von vornherein auf einen Treffpunkt geeinigt«, bemerkte Holmes.

»So war es dann ja auch. Ich habe den ganzen gestrigen Abend damit verbracht, Nachforschungen anzustellen, aber ohne jedes Ergebnis. Heute morgen habe ich sehr früh begonnen, und um acht Uhr bin ich zu Hallidays Pension in der Little George Street gekommen. Meine Frage, ob ein Mr. Stangerson sich dort aufhielte, wurde sofort bejaht.

›Sie sind bestimmt der Gentleman, den er erwartet hat‹, wurde mir gesagt. ›Seit zwei Tagen wartet er auf einen Gentleman.‹

›Wo ist er jetzt?‹ frage ich.

›Auf seinem Zimmer, im Bett. Er wollte um neun Uhr geweckt werden.‹

›Dann gehe ich hinauf und schaue sofort bei ihm hinein‹, sage ich.

Ich dachte, wenn ich plötzlich bei ihm auftauche, erschüttert das vielleicht seine Nerven und bringt ihn dazu, unvorsichtig etwas zu sagen. Der Schuhputzer hat mir das Zimmer gezeigt; es liegt im zweiten Stock, und zu ihm führt ein kleiner Korridor. Der Schuhputzer zeigt mir die Tür und will wieder nach unten gehen, als ich etwas sehe, wovon mir trotz meiner zwanzigjährigen Erfahrung fast übel wird. Unter der Tür kräuselt sich ein kleines rotes Blutband, schlängelt sich quer über den Gang und bildet an der Leiste auf der anderen Seite eine kleine Pfütze. Ich stoße einen Schrei aus, der den Schuhputzer zurückbringt. Er wird fast ohnmächtig, als er es sieht. Die Tür ist von innen zugeschlossen, aber wir brechen sie mit den Schultern auf. Das Fenster im Zimmer steht offen, und neben dem Fenster liegt zusammengekrümmt der Leichnam eines Mannes im Nachtgewand. Er muß schon seit einiger Zeit tot gewesen sein, seine Gliedmaßen waren nämlich starr und kalt. Als wir ihn umgedreht haben, hat der Schuhputzer ihn sofort als den Gentleman erkannt, der unter dem Namen Joseph Stangerson das Zimmer gemietet hatte. Die Todesursache war ein tiefer Einstich auf der linken Seite, der das Herz durchbohrt haben muß. Und jetzt kommt der seltsamste Teil der Geschichte. Was, glauben Sie, war oberhalb des Toten?«

Ich verspürte eine Gänsehaut und eine Vorahnung von Grauen, noch bevor Sherlock Holmes antwortete.

»Das Wort RACHE, geschrieben mit Blutbuchstaben«, sagte er.

»So ist es«, sagte Lestrade mit ergriffener Stimme, und wir alle schwiegen eine Weile

An den Taten dieses unbekannten Mörders war etwas so Methodisches und so Unbegreifliches, daß seine Verbrechen daraus zusätzliche Gräßlichkeit bezogen. Als ich daran dachte, kribbelten meine Nerven, die doch auf dem Schlachtfeld ganz ruhig gewesen waren.

»Man hat den Mann gesehen«, fuhr Lestrade fort. »Ein Milchjunge auf dem Weg zur Molkerei ist zufällig auf dem Weg von den Ställen hinter dem Hotel dort vorbeigekommen. Er hat bemerkt, daß eine Leiter, die dort normalerweise liegt, unter eines der Fenster im zweiten Stockwerk gelehnt war, und das Fenster stand weit offen. Nachdem er vorbeigegangen war, hat er sich umgeschaut und einen Mann die Leiter herabkommen sehen. Er ist so ruhig und offen heruntergeklettert, daß der Junge angenommen hat, er müsse ein Tischler oder Zimmermann sein, der im Hotel arbeitet. Er hat ihn sich nicht genauer angesehen, nur bei sich gedacht, daß es eigentlich recht früh für Zimmermannsarbeiten ist. Er hat den Eindruck, daß der Mann groß war, ein rötliches Gesicht hatte und einen langen bräunlichen Mantel trug. Er muß nach dem Mord noch eine kurze Weile im Zimmer geblieben sein, wir haben nämlich im Becken blutiges Wasser gefunden; da hat er sich wohl die Hände gewaschen. Außerdem hat er Flecken auf den Laken hinterlassen, wo er sein Messer sorgsam abgewischt hat.«

Als ich die Beschreibung des Mörders hörte, die so gut zu der von Holmes abgegebenen paßte, warf ich ihm einen Blick zu. Auf seinem Gesicht war aber keine Spur von Frohlocken oder Befriedigung zu sehen.

»Haben Sie im Zimmer nichts gefunden, was einen Hinweis auf den Mörder darstellen könnte?« fragte er.

»Nichts. Stangerson hatte Drebbers Börse in der Tasche, aber das scheint so üblich gewesen zu sein, da er immer alles bezahlt hat. In der Börse waren um die achtzig Pfund, es schien nichts herausgenommen worden zu sein. Was auch immer die

Motive für diese außerordentlichen Verbrechen sein mögen, Diebstahl gehört jedenfalls nicht dazu. In den Taschen des Ermordeten gab es weder Papiere noch Notizen, abgesehen von einem einzigen Telegramm, das vor etwa einem Monat in Cleveland abgeschickt worden war und folgenden Text hatte: ›J. H. ist in Europa.‹ Diese Botschaft enthält keinen weiteren Namen.«

»Und sonst war nichts zu finden?« fragte Holmes.

»Nichts von Bedeutung. Der Roman, mit dem er sich müdegelesen hatte, lag auf dem Bett, und seine Pfeife daneben auf einem Stuhl. Auf dem Tisch stand ein Glas Wasser und auf der Fensterbank eine kleine geschnitzte Holzschachtel mit einigen Pillen darin.«

Mit einem Ausruf der Freude sprang Sherlock Holmes aus seinem Sessel auf.

»Das letzte Kettenglied«, rief er frohlockend. »Mein Fall ist abgeschlossen.«

Die beiden Detektive starrten ihn verblüfft an.

»Ich habe jetzt«, sagte mein Gefährte zuversichtlich, »alle Fäden in der Hand, die diesen Knäuel gebildet haben. Natürlich bleiben noch einige Einzelheiten zu ergänzen, aber was alle wichtigen Tatsachen angeht, ab dem Zeitpunkt, als Drebber sich am Bahnhof von Stangerson trennte, bis zur Entdeckung der Leiche des letzteren, bin ich so sicher, als hätte ich alles mit eigenen Augen gesehen. Ich will Ihnen einen Beweis für mein Wissen geben. Könnten Sie diese Pillen beschaffen?«

»Ich habe sie hier«, sagte Lestrade; er zog eine kleine weiße Schachtel hervor. »Ich habe sie und die Börse und das Telegramm eingesteckt, weil ich sie in der Polizeistation an einem sicheren Platz verwahren wollte. Es ist aber der reine Zufall, daß ich die Pillen eingesteckt habe, weil ich ihnen nämlich nicht die geringste Bedeutung beimesse, wie ich gern zugeben will.«

»Geben Sie sie her«, sagte Holmes. »Nun, Doktor«, fragte er, wobei er sich mir zuwandte, »sind das normale Pillen?«

Das waren sie ganz gewiß nicht. Sie waren perlgrau, klein, rund und fast durchscheinend. »So leicht und durchsichtig wie sie sind, nehme ich an, daß man sie in Wasser lösen kann«, bemerkte ich.

»Genau das«, erwiderte Holmes. »Würde es Ihnen nun etwas ausmachen, nach unten zu gehen und diesen armen kleinen Teufel von einem Terrier zu holen, der schon so lange krank ist und den Sie auf Wunsch der Wirtin gestern von seinen Schmerzen erlösen sollten?«

Ich ging hinunter und trug den Hund auf den Armen nach oben. Er atmete mühsam, und seine Augen waren glasig; beides Anzeichen dafür, daß er kurz vor dem Ende war. Die schneeweiße Schnauze bewies ferner, daß er die normale Lebensdauer eines Hundes längst überschritten hatte. Ich legte ihn auf ein Kissen auf den Teppich.

»Ich werde jetzt eine von diesen Pillen halbieren«, sagte Holmes; er zog sein Federmesser und tat, wie er gesagt hatte. »Eine Hälfte legen wir für künftige Verwendung zurück in die Dose. Die andere Hälfte lege ich jetzt in dieses Weinglas, in dem ein Teelöffel voll Wasser ist. Sie sehen, daß unser Freund, der Doktor, recht hat, und daß sie sich sofort auflöst.«

»Das mag ja ganz interessant sein«, sagte Lestrade im verletzten Tonfall eines Menschen, der argwöhnt, daß man sich über ihn lustig mache. »Ich kann aber nicht sehen, was das mit dem Tod von Mr. Joseph Stangerson zu tun haben soll.«

»Geduld, mein Freund, Geduld! Sie werden beizeiten feststellen, daß es sehr viel damit zu tun hat. Ich gieße jetzt ein wenig Milch dazu, um die Mischung genießbar zu machen, und jetzt setze ich es dem Hund vor, und wir stellen fest, daß er es ganz bereitwillig aufleckt.«

Während er redete, goß er den Inhalt des Weinglases in eine Untertasse und stellte sie dem Terrier hin, der sie rasch trokkenleckte. Sherlock Holmes' ernstes Auftreten hatte uns alle so weit überzeugt, daß wir schweigend da saßen, das Tier aufmerksam beobachteten und irgendeine schreckliche Wirkung erwarteten. Es stellte sich jedoch nichts Derartiges ein. Der Hund lag weiter ausgestreckt auf dem Kissen und atmete mühevoll, aber durch den Trank schien es weder besser noch schlimmer geworden zu sein.

Holmes hatte seine Uhr gezogen, und als Minute nach Minute ergebnislos verstrich, trat ein Ausdruck von großem Kummer und Enttäuschung auf seine Züge. Er kaute auf seiner Lippe, trommelte mit den Fingern auf den Tisch und wies auch alle sonstigen Symptome akuter Ungeduld auf. Seine Gemütsbewegung war so groß, daß er mir ernstlich leid tat, während die beiden Detektive hämisch lächelten und über diesen Rückschlag, den er erlitten hatte, keineswegs ungehalten waren.

»Es kann doch kein Zufall sein«, rief er, als er schließlich aus seinem Sessel aufsprang und wie toll im Raum auf und ab lief. »Unmöglich, daß es ein reiner Zufall sein soll. Genau die Pillen, gegen die sich im Fall Drebber mein Verdacht richtet, werden nach Stangersons Tod tatsächlich gefunden. Und trotzdem sind sie harmlos. Was kann das nur bedeuten? Es kann doch bestimmt nicht meine ganze Denkkette falsch gewesen sein. Das ist unmöglich! Und trotzdem geht es diesem elenden Hund kein bißchen schlechter. Ah, ich hab's! Ich hab's!« Mit einem wahrhaften Kreischen der Wonne stürzte er sich auf

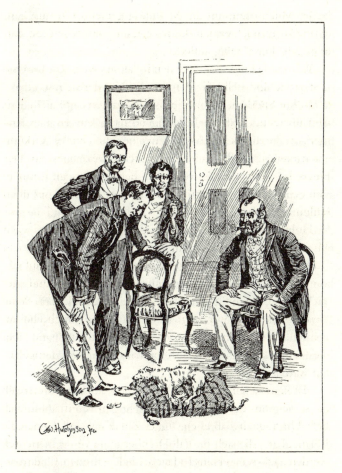

*Die Zunge der unglücklichen Kreatur schien noch kaum davon benetzt, als das Tier mit allen Gliedmaßen konvulsivisch zuckte und so starr und leblos dalag, als sei es vom Blitz erschlagen worden.*

die Schachtel, schnitt die andere Pille entzwei, löste sie auf, gab Milch hinzu und setzte alles dem Terrier vor. Die Zunge der unglücklichen Kreatur schien noch kaum davon benetzt, als das Tier mit allen Gliedmaßen konvulsivisch zuckte und so starr und leblos dalag, als sei es vom Blitz erschlagen worden.

Sherlock Holmes holte tief Luft und wischte sich den Schweiß von der Stirn. »Ich sollte mehr Selbstvertrauen haben«, sagte er. »Ich sollte doch inzwischen wissen, daß es, wenn eine Tatsache einer langen Kette von Deduktionen zu widersprechen scheint, sich unweigerlich herausstellt, daß man sie auch ganz anders interpretieren kann. Eine der beiden Pillen in dieser Schachtel war ein überaus tödliches Gift, und die andere war völlig harmlos. Das hätte ich wissen müssen, noch ehe ich die Schachtel überhaupt gesehen hatte.«

Diese letzte Äußerung erschien mir unbegreiflich, und ich konnte kaum glauben, daß er sich bei vollem Verstande befand. Da gab es jedoch den toten Hund als Beweis dafür, daß Holmes' Mutmaßung zutreffend gewesen war. Die Nebel in meinem Hirn schienen sich nach und nach zu heben, und ich begann, mir eine undeutliche, vage Vorstellung von der Wahrheit zu machen.

»All das erscheint Ihnen seltsam«, fuhr Holmes fort, »weil Sie zu Beginn dieser Ermittlung nicht begriffen haben, wie wichtig der einzige wirkliche Hinweis war, der sich Ihnen dargeboten hat. Ich hatte das Glück, dies sofort zu erfassen, und alles, was sich seither ereignet hat, hat meine ursprüngliche Annahme bestätigt und war tatsächlich nur eine logische Folge daraus. Daher kommt es, daß Dinge, die Sie verwirrt und den Fall für Sie noch dunkler gemacht haben, zu meiner Erleuchtung und zur Stärkung meiner Folgerungen gereichten. Es ist ein Fehler, Seltsames mit Mysteriösem zu verwechseln. Oft ist das allergewöhnlichste Verbrechen das allermysteriöseste, weil es keine neuen oder besonderen Kennzeichen bietet, aus denen Deduktionen abgeleitet werden können. Es wäre unendlich viel schwieriger gewesen, diesen Mord zu entwirren, wenn man die Leiche des Opfers ganz einfach auf der Straße liegend gefunden hätte, ohne einen einzigen dieser *outré* und sensationell anmutenden Begleitumstände, die ihn so bemerkenswert gemacht haben. Diese seltsamen Einzelheiten haben den Fall bei weitem nicht schwieriger, sondern im Gegenteil weniger schwierig gemacht.«

Mr. Gregson, der dieser Ansprache mit beträchtlicher Ungeduld gelauscht hatte, konnte nicht länger an sich halten. »Hören Sie mal, Mr. Sherlock Holmes«, sagte er. »Wir sind ja alle bereit zuzugeben, daß Sie schlau sind und Ihre eigenen Arbeitsmethoden haben. Wir brauchen jetzt aber ein bißchen mehr als bloße Theorie und Vorträge. Es geht darum, jemanden festzunehmen. Ich habe meinen Fall zurechtgelegt, und es sieht so aus, als ob ich mich geirrt hätte. Der junge Charpentier kann mit dieser zweiten Sache nichts zu tun haben. Lestrade ist hinter seinem Mann hergewesen, Stangerson, und es scheint, daß auch er sich geirrt hat. Sie haben hier und da Hinweise fallen lassen und scheinen mehr zu wissen als wir, aber allmählich habe ich das Gefühl, wir haben ein Recht darauf, Sie geradeheraus zu fragen, wieviel Sie über diese Angelegenheit wissen. Können Sie den Mann benennen, der es getan hat?«

»Ich kann nicht umhin, festzustellen, daß Gregson recht hat, Sir«, bemerkte Lestrade. »Wir haben uns beide bemüht, und beide sind wir gescheitert. Mehr als nur einmal haben Sie, seit ich im Zimmer bin, bemerkt, daß Sie alle Indizien besitzen, die Sie brauchen. Sie wollen sie uns doch sicher nicht länger vorenthalten.«

»Jede Verzögerung bei der Festnahme des Mörders«, bemerkte ich, »könnte ihm die Zeit verschaffen, die er braucht, um eine weitere Scheußlichkeit zu begehen.«

In dieser Weise von uns allen bedrängt, zeigte Holmes Merkmale der Unentschlossenheit. Er ging weiterhin im Raum auf und ab, das Kinn auf der Brust und die Brauen herabgezogen, wie er es zu tun pflegte, wenn er tief in Gedanken versunken war.

»Es wird keine weiteren Morde geben«, sagte er schließlich; er blieb jäh stehen und sah uns an. »Diese Überlegung können Sie außer acht lassen. Sie haben mich gefragt, ob ich den Namen des Mörders kenne. Ich kenne ihn. Die bloße Kenntnis seines Namens ist aber eine Kleinigkeit, verglichen mit der Möglichkeit, ihn in die Hände zu bekommen. Ich erwarte, das sehr bald zu können. Ich habe alle Hoffnungen, es mittels meiner eigenen Vorkehrungen zu bewerkstelligen; es ist dies aber eine Sache, die äußerst sorgsamer Handhabung bedarf, wir haben es nämlich mit einem gerissenen und verzweifelten Mann zu tun, der, wie zu beweisen ich die Gelegenheit hatte, von einem weiteren Mann unterstützt wird, der ebenso schlau ist wie er. Solange dieser Mann keine Ahnung davon hat, daß jemand über Hinweise verfügt, gibt es eine gewisse Chance, seiner habhaft zu werden; wenn er aber auch nur den leisesten Verdacht hätte, würde er seinen Namen ändern und im Nu zwischen den vier Millionen Bewohnern dieser großen Stadt verschwinden. Ohne einen von Ihnen in seinen Gefühlen verletzen zu wollen, muß ich doch feststellen, daß ich der Meinung bin, diese Leute seien der offiziellen Polizei mehr als nur gewachsen, und das ist der Grund, aus dem ich nicht um Ihre Hilfe gebeten habe. Sollte ich versagen, wird mich natürlich wegen dieser Unterlassung die ganze Schuld treffen, aber ich bin bereit, das auf mich zu nehmen. Im Augenblick bin ich willens, zu versprechen, daß ich mich mit Ihnen in dem Moment in Verbindung setzen werde, in dem ich dies tun kann, ohne meine eigenen Kombinationen zu gefährden.«

Gregson und Lestrade schienen mit dieser Versicherung keineswegs zufrieden zu sein, ebensowenig wie mit der schmähenden Anspielung auf die Kriminalpolizei. Gregson war bis zu den Wurzeln seines Flachshaares errötet, während die Knopfaugen des anderen vor Neugier und Abneigung glitzerten. Keiner von ihnen hatte jedoch Zeit zu sprechen gefunden, als an die Tür geklopft wurde und der Sprecher der Straßenbettler, der junge Wiggins, seine unscheinbare und unappetitliche Gestalt in den Raum einbrachte.

»Bitte sehr, Sir«, sagte er, wobei er seine Stirnlocke berührte, »ich hab den Wagen unten.«

»Guter Junge«, sagte Holmes mild. »Warum führen Sie eigentlich nicht dieses Modell bei Scotland Yard ein?« fuhr er fort, während er ein Paar stählerner Handschellen aus einer Schublade holte. »Sehen Sie nur, wie prächtig die Feder funktioniert. Sie schnappen im Nu zu.«

»Das alte Modell ist gut genug«, bemerkte Lestrade, »solange wir den Mann finden können, dem wir sie anziehen wollen.«

»Sehr gut, sehr gut«, sagte Holmes lächelnd. »Der Kutscher könnte mir überhaupt auch mit meinen Kisten helfen. Sei so gut, ihn heraufzubitten, Wiggins.«

Ich war überrascht, daß mein Gefährte redete, als wolle er eine Reise antreten, da er mir nichts davon gesagt hatte. Im Zimmer stand ein kleiner Handkoffer, er zog ihn hervor und begann, die Riemen anzuziehen. Er war damit noch immer beschäftigt, als der Kutscher den Raum betrat.

*Lestrade und Holmes stürzten sich wie die Hatzhunde auf ihn.*

»Helfen Sie mir doch eben mit dieser Schnalle, Kutscher«, sagte Holmes; er kniete neben dem Koffer und wandte nicht einmal den Kopf.

Der Mann trat hinzu, mit einer etwas mürrischen, trotzigen Haltung, und senkte seine Hände, um zu helfen. In diesem Moment hörte man ein scharfes Klicken, das Klirren von Metall, und Sherlock Holmes sprang wieder auf die Füße.

»Gentlemen«, rief er mit blitzenden Augen, »ich möchte Sie mit Mr. Jefferson Hope bekanntmachen, dem Mörder von Enoch J. Drebber und Joseph Stangerson.«

All das ereignete sich innerhalb eines Augenblicks – so schnell, daß ich keine Zeit fand, es wirklich zu begreifen. Ich erinnere mich lebhaft an diesen Augenblick, an Holmes' triumphierende Miene und den Klang seiner Stimme, an das verstörte, wilde Gesicht des Kutschers, als dieser die glänzenden Handschellen betrachtete, die wie durch Zauberei um seine Handgelenke erschienen waren. Eine oder zwei Sekunden lang hätten wir eine Gruppe von Standbildern sein können. Dann riß der Gefangene sich mit einem unartikulierten Wutschrei aus Holmes' Griff los und warf sich gegen das Fenster. Holz und Glas gaben unter seiner Wucht nach, aber bevor er ganz hindurchgelangt war, stürzten sich Gregson, Lestrade und Holmes wie die Hatzhunde auf ihn. Er wurde ins Zimmer zurückgezerrt, und dann begann eine schreckliche Auseinandersetzung. Er war so stark und wild, daß er uns alle vier immer wieder abschütteln konnte. Er schien über die krampfartige Kraft eines Mannes zu verfügen, der einen epileptischen Anfall erleidet. Sein Gesicht und seine Hände waren vom durchbrochenen Glas furchtbar zerfetzt, aber der Blutverlust minderte keineswegs seinen Widerstand. Erst als es Lestrade gelang, die Hand in seine Halsbinde zu stecken und ihn beinahe zu erdrosseln, begriff er endlich, daß seine Bemühungen vergebens waren; und selbst dann fühlten wir uns seiner nicht sicher, ehe wir ihm nicht die Füße ebenso gebunden hatten wie die Hände. Danach kamen wir atemlos und keuchend auf die Beine.

»Wir haben seine Droschke«, sagte Sherlock Holmes. »Sie wird dazu dienen, ihn zum Scotland Yard zu bringen. Und nun, Gentlemen«, fuhr er mit einem munteren Lächeln fort, »sind wir am Ende unseres kleinen Rätsels. Sie dürfen mir jetzt gern alle Fragen stellen, die mir zu stellen Sie wünschen, und es besteht keine Gefahr mehr, daß ich mich etwa weigern könnte, sie zu beantworten.«

# TEIL II

*Das Land der Heiligen*

*In the central portion of the great North American continent there lies an arid and repulsive desert ...*

## Auf der großen Alkali-Ebene

In der Mitte des großen nordamerikanischen Kontinents liegt eine trockene und abstoßende Wüste, die lange Jahre als Barriere gegen das Vorrücken der Zivilisation diente. Von der Sierra Nevada bis Nebraska, und vom Yellowstone River im Norden bis zum Colorado im Süden erstreckt sich eine Region trostloser Öde und Stille. Auch ist die Natur in diesem grimmen Landstrich keineswegs immer gleicher Laune. Er birgt schneebedeckte, hohe Berge und dunkle, düstere Täler. Es gibt dort schnellströmende Flüsse, die durch schroffe Canyons tosen; und es gibt dort ungeheure Ebenen, die im Winter weiß sind von Schnee und im Sommer grau vom salzigen Alkalistaub. Allen Teilen jedoch sind gemein die Charakteristika der Unfruchtbarkeit, Ungastlichkeit und des Elends.

In diesem Land der Verzweiflung gibt es keine Einwohner. Eine Gruppe von Pawnees oder Schwarzfußindianern mag es gelegentlich durchqueren, um zu anderen Jagdgründen zu gelangen, aber selbst die Kühnsten der Kühnen sind froh, wenn sie diesen furchterregenden Ebenen den Rücken kehren können und sich endlich auf ihren Prärien wiederfinden. Der Kojote schleicht durch das Gestrüpp, der Bussard flattert träge durch die Luft, und der täppische Grizzly poltert durch die dunklen Schluchten und sucht sich zwischen den Felsen so gut es geht zu ernähren. Dies sind die einzigen Bewohner der Wildnis.

Auf der ganzen Welt kann es keinen trostloseren Ausblick

geben als den vom Nordhang der Sierra Blanca. So weit das Auge reicht, erstreckt sich die große flache Ebene, wie mit Staub überzogen von Alkaliflecken, und durchsetzt mit Gruppen der zwergenhaften Chaparral-Büsche. Am äußersten Saum des Horizonts liegt eine lange Kette hoher Berge, deren zackige Gipfel von Schnee gescheckt sind. In diesem ausgedehnten Land regt sich kein lebendes Wesen noch gibt es irgendwelche Anzeichen von Leben. Im stahlblauen Himmel ist kein Vogel, keine Bewegung auf der stumpfig grauen Erde – vor allem ist dort absolute Stille. Man mag noch so sehr lauschen, in all dieser großen Wildnis ist nicht einmal der Schatten eines Geräuschs zu vernehmen; nichts als Stille – vollkommene und jeden Mut bezwingende Stille.

Ich habe gesagt, es gebe keine Anzeichen von Leben auf der ausgedehnten Ebene. Das ist nicht ganz richtig. Wenn man von der Sierra Blanca hinabschaut, sieht man unten in der Wüste einen Pfad, der sich dahinschlängelt und in weitester Ferne verliert. Er ist von Räderspuren zerfurcht und von den Füßen vieler Abenteurer ausgetreten. Hier und da sind weiße Gegenstände verstreut, die in der Sonne glänzen und sich von den stumpfen Alkali-Ablagerungen abheben. Tritt näher und untersuche sie! Es sind Knochen; einige groß und grobschlächtig, andere kleiner und feiner. Erstere haben einst Ochsen gehört, und letztere Menschen. Fünfzehnhundert Meilen weit kann man diese grausige Karawanenstraße anhand der verstreuten Überreste jener verfolgen, die am Wegesrand gefallen sind.

In die Betrachtung eben diesen Anblicks versunken stand am vierten Mai achtzehnhundertsiebenundvierzig ein einsamer Reisender. Seine äußere Erscheinung war dergestalt, daß er durchaus der Geist oder Dämon dieser Landschaft hätte sein können. Es wäre einem Beobachter schwergefallen zu sagen, ob er näher an den Sechzig oder an den Vierzig sei. Sein Gesicht war schmal und hager, und die braune, pergamentene Haut straffte sich über den vorstehenden Knochen; sein langes, braunes Haar und der Bart waren allenthalben durchsetzt und gescheckt von Weiß; die Augen lagen tief in den Höhlen und brannten eines unnatürlichen Glanzes; und die Hand, die das Gewehr gepackt hielt, war kaum fleischiger denn die eines Skeletts. Wie er dort stand, lehnte er sich zur Stütze auf seine Waffe, und doch verrieten seine große Gestalt und das massige Gefüge seiner Knochen eine drahtige und kraftvolle Konstitution. Sein eingefallenes Gesicht und seine Kleider, die wie Säcke an den ausgedörrten Gliedmaßen hingen, kündeten jedoch von dem, was ihm dieses greisenhafte und hinfällige Aussehen verlieh. Der Mann stand kurz vor dem Tode – vor dem Tode durch Hunger und Durst.

Er hatte sich mühselig die Schlucht hinab und auf diese kleine Erhebung hinaufgekämpft, in der eitlen Hoffnung, Anzeichen für Wasser zu entdecken. Nun lag die große salzige Ebene ausgestreckt vor seinen Augen, und in der Ferne der Gürtel wilder Berge, und nirgends ließ eine Pflanze oder ein Baum auf Feuchtigkeit schließen. In dieser ganzen ausgedehnten Landschaft fand sich kein Hoffnungsschimmer. Er schaute nach Norden, Osten und Westen, mit wilden, suchenden Augen, und dann begriff er, daß er ans Ende seiner Wanderungen gelangt war und dort, auf dem öden Felsen, sterben würde. »Warum nicht hier? Es ist genauso gut wie in einem Federbett, in zwanzig Jahren«, murmelte er, als er sich im Schutz eines Felsblocks niederließ.

Bevor er sich setzte, hatte er sein nutzloses Gewehr auf den Boden gelegt, desgleichen ein großes, mit einem grauen Schal umwickeltes Bündel, das er über der rechten Schulter getragen hatte. Es schien ein wenig zu schwer für seine Kräfte, denn als er es sinken ließ, prallte es mit einiger Heftigkeit auf den Boden. Sogleich drang aus dem grauen Packen ein leiser, wehklagender Schrei, und ein kleines, erschrecktes Gesicht reckte sich heraus, mit ganz hellbraunen Augen und zwei kleinen Fäusten mit Grübchen und Flecken.

»Du tust mir weh!« sagte eine kindliche Stimme vorwurfsvoll.

»Hab' ich das?« fragte der Mann bußfertig. »Es war aber keine Absicht.« Während er sprach, wickelte er den grauen Schal auf und brachte ein hübsches kleines Mädchen von etwa fünf Jahren zum Vorschein; die feinen Schuhe und das schmucke rosa Kleid mit der kleinen Leinenschürze legten Zeugnis ab von mütterlicher Fürsorge. Das Kind war blaß und erschöpft, aber seine gesunden Arme und Beine zeigten, daß es weniger gelitten hatte als sein Gefährte.

»Wie geht es jetzt?« fragte er besorgt, denn die Kleine rieb noch immer die zerzausten goldenen Locken, die ihren Hinterkopf bedeckten.

»Gib mir einen Kuß darauf und mach es wieder heil«, sagte sie ganz ernsthaft; dabei hielt sie ihm den verletzten Körperteil hin. »Das hat Mutter immer getan. Wo ist Mutter?«

»Mutter ist fortgegangen. Ich schätze, du wirst sie bald wiedersehen.«

»Fortgegangen, was?« sagte die Kleine. »Sie hat aber doch gar nicht Auf Wiedersehen gesagt; und das hat sie doch sonst sogar getan, wenn sie nur zu meiner Tante zum Tee gegangen ist, und jetzt ist sie schon drei Tage fort. Es ist schrecklich trokken hier, nicht wahr? Gibt es hier kein Wasser und auch nichts zu essen?«

»Nein, hier gibt's nichts, Liebes. Du brauchst dich nur noch ein Weilchen zu gedulden, und dann ist alles in Ordnung. Leg deinen Kopf an meine Schulter, so, und dann fühlst du dich gleich wieder prächtig. Gar nicht so einfach zu sprechen, wenn deine Lippen wie aus Leder sind, aber ich sollte dir wohl besser sagen, wie die Dinge liegen. Was hast du da?«

»Hübsche Sachen! Feine Sachen!« rief die Kleine begeistert; sie hielt zwei glitzernde Bruchstücke Glimmer hoch. »Wenn wir wieder zu Hause sind, gebe ich sie meinem Bruder Bob.«

»Du wirst bald noch viel schönere Sachen sehen«, sagte der Mann überzeugt. »Warte nur ein bißchen. Aber was ich dir noch sagen wollte – erinnerst du dich, wie wir vom Fluß fortgegangen sind?«

»Oh ja.«

»Also, wir haben angenommen, daß wir bald den nächsten Fluß finden würden, weißt du. Aber irgendwas hat nicht gestimmt; der Kompaß oder die Landkarte oder sonst was, und der Fluß ist nicht gekommen. Das Wasser ist zu Ende gewesen. Nur noch ein kleines Tröpfchen für dich und ... und ...«

»Und du hast dich nicht mehr waschen können«, unterbrach sie ihn vorwurfsvoll und starrte in sein schmutziges Gesicht empor.

»Nein, und trinken auch nicht. Und Mr. Bender, er ist als erster drangewesen, und dann der Indianer-Pete, und dann Mrs. McGregor, und dann Johnny Hones, und dann, Liebes, deine Mutter.«

»Dann ist Mutter auch tot«, weinte die Kleine; sie ließ das Gesicht in die Schürze sinken und schluchzte bitterlich.

»Ja, sie sind alle fort, außer dir und mir. Dann habe ich gedacht, wir könnten in dieser Richtung hier vielleicht Wasser finden, also habe ich dich auf die Schulter genommen, und wir sind beide hierhin getippelt. Sieht aber nicht so aus, als ob wir uns verbessert hätten. Wir haben jetzt nur noch eine winzig kleine Chance.«

»Meinst du, wir werden auch sterben?« fragte das Kind; es hörte auf zu schluchzen und hob sein tränenüberströmtes Gesicht.

»Ich schätze, darauf läuft es hinaus.«

»Warum hast du mir das denn nicht längst gesagt?« fragte sie mit einem fröhlichen Lachen. »Du hast mich aber erschreckt. Also, wenn wir jetzt auch sterben, dann sind wir doch wieder mit Mutter zusammen.«

»Ja, du wirst wieder mit Mutter zusammen sein, Liebes.«

»Und du auch. Ich werde ihr erzählen, wie lieb du zu mir gewesen bist. Ich wette, sie wartet auf uns an der Himmelstür mit einem großen Krug Wasser und einer großen Menge Buchweizenplätzchen, heiß und auf beiden Seiten geröstet, wie Bob und ich sie immer so gern hatten. Wie lange dauert es denn noch?«

»Ich weiß es nicht – aber nicht mehr lange.« Die Augen des Mannes hingen am nördlichen Horizont. Im blauen Himmelsgewölbe waren drei kleine Punkte erschienen, die jeden Augenblick größer wurden, so schnell kamen sie näher. Bald wurden sie zu drei großen braunen Vögeln, die über den Köpfen der beiden Wanderer kreisten und sich dann auf einigen höhergelegenen Felsen niederließen. Es waren Bussarde, die Geier des Westens, und ihre Ankunft ist ein Vorzeichen des Todes.

»Hähne und Hennen«, sagte das kleine Mädchen fröhlich; dabei deutete sie auf die ominösen Gestalten und klatschte in die Hände, um sie aufzuscheuchen. »Sag mal, hat Gott dieses Land gemacht?«

»Natürlich hat Er das«, sagte ihr Begleiter, den diese unerwartete Frage beinahe erschreckte.

»Er hat das Land unten in Illinois gemacht, und Er hat den Missouri gemacht«, fuhr das kleine Mädchen fort. »Ich glaube, hier herum muß jemand anderes das Land gemacht haben. Es ist längst nicht so gut gelungen. Man hat Wasser und Bäume vergessen.«

»Was meinst du dazu, ein wenig zu beten?« fragte der Mann schüchtern.

»Es ist noch nicht Abend«, antwortete sie.

»Das macht nichts. Es ist nicht ganz die richtige Zeit, aber Ihm wird das nichts ausmachen, darauf kannst du wetten. Sag doch einfach die Gebete, die du jeden Abend im Wagen gesagt hast, als wir noch in der Prärie waren.«

»Warum betest du nicht selbst?« fragte das Kind mit verwunderten Augen.

»Ich kann mich an kein Gebet mehr erinnern«, antwortete er. »Ich hab nicht mehr gebetet, seit ich halb so groß war wie das Gewehr da. Ich nehme an, es ist nie zu spät. Du betest laut, und ich hör zu und mach immer beim Refrain mit.«

»Dann mußt du knien, und ich auch«, sagte sie; zu diesem Zweck breitete sie den Schal aus. »Du mußt die Hände hochhalten, so ungefähr. Dann fühlt man sich irgendwie gut.«

Es wäre ein seltsamer Anblick gewesen, wenn außer den Bussarden jemand hätte zusehen können. Nebeneinander knieten die beiden Wanderer auf dem schmalen Schal, das kleine plappernde Kind und der abgebrühte, verhärtete Abenteurer. Ihr pausbäckiges und sein hageres, eckiges Gesicht waren zum wolkenlosen Himmel emporgewandt, in tiefer Anrufung jenes schrecklichen Wesens, dem sie sich gegenüber wähnten, und die beiden Stimmen – eine dünn und hell, die andere tief und rauh – vereinigten sich im Flehen um Gnade und Vergebung. Nach Beendigung des Gebets setzten sie sich wieder in den Schatten des Felsens, bis das Kind einschlief und sich an die breite Brust seines Beschützers schmiegte. Eine Weile bewachte er den Schlummer der Kleinen, aber die Natur erwies sich als zu stark für ihn. Drei Tage und drei Nächte hatte er sich weder Ruhe noch Schlaf gegönnt. Langsam sanken die Lider über die müden Augen, und der Kopf senkte sich tiefer und tiefer auf die Brust, bis der graue Bart des Mannes sich mit den goldenen Locken seiner Gefährtin mischte und beide den gleichen tiefen und traumlosen Schlummer schliefen.

*Nebeneinander knieten die beiden Wanderer auf dem schmalen Schal.*

Wäre der Wanderer noch eine halbe Stunde wach geblieben, so hätte sich seinen Augen ein merkwürdiger Anblick dargeboten. Weit entfernt am äußersten Saum der Alkali-Ebene erhob sich eine kleine Staubgischt, winzig zunächst und kaum zu unterscheiden vom Dunst der Ferne, aber allmählich wurde sie höher und breiter, bis sie eine dichte Wolke mit festen Umrissen bildete. Diese Wolke wuchs und wuchs, bis es offensichtlich war, daß nur eine große Menge von Geschöpfen, die sich in Bewegung befanden, sie aufgewirbelt haben konnte. An fruchtbareren Stätten wäre ein Beobachter zu dem Schluß gelangt, daß eine jener großen Bisonherden, wie sie auf den Prärien weiden, sich ihm nähere. In diesen dürren Wüsteneien war das offenbar unmöglich. Als der Staubwirbel der einsamen Klippe näherkam, auf der die beiden Verlorenen ruhten, schälten sich die Planen von Wagen und die Gestalten bewaffneter Reiter aus dem Dunst, und die Geistererscheinung wurde zu einem großen Wagentreck auf dem Weg nach Westen. Aber welch ein Treck! Als die Spitze den Fuß der Berge erreicht hatte, war der Schluß noch nicht am Horizont zu sehen. Über die ganze ungeheure Ebene erstreckte sich die lockere Reihe der Wagen und Karren, der Männer zu Pferde und Männer zu Fuß. Unzählige Frauen stolperten unter ihren Lasten voran, und Kinder tummelten sich um die Wagen oder lugten unter den weißen Planen hervor. Dies war offenbar keine gewöhnliche Gruppe von Einwanderern, sondern eher ein Nomadenvolk, das unter dem Druck der Umstände gezwungen war, sich ein neues Land zu suchen. In die klare Luft stieg ein wirres Plappern und Grollen von dieser großen Menschenmasse, zusammen mit dem Knarren der Räder und dem Wiehern der Pferde. So laut es jedoch war, es reichte nicht aus, die beiden erschöpften Wanderer auf der Klippe zu wecken.

An der Spitze der Kolonne ritten zwanzig oder mehr Männer mit ernsten, ehernen Gesichtern, gehüllt in dunkle, selbstgesponnene Kleider und bewaffnet mit Gewehren. Als sie den Fuß der Felsen erreichten, hielten sie an und berieten kurz miteinander.

»Die Brunnen liegen rechter Hand, meine Brüder«, sagte einer, ein glattrasierter Mann mit schroffem Mund und grauem Haar.

»Rechter Hand der Sierra Blanca – auf diese Weise werden wir den Rio Grande erreichen«, sagte ein anderer.

»Sorgt euch nicht um Wasser«, rief ein Dritter. »Er, der es den Felsen entlocken konnte, wird Sein auserwähltes Volk auch jetzt nicht verlassen.«

»Amen! Amen!« erwiderte die ganze Gruppe.

Sie wollten eben weiterreiten, als einer der Jüngsten und Schärfstsichtigen unter ihnen einen Ruf ausstieß und zum zakkigen Gipfel über ihnen emporleutete. Oben auf der Spitze flatterte etwas winzig und rosa und hob sich hell und deutlich von den grauen Felsen dahinter ab. Bei diesem Anblick wurden allenthalben Pferde gezügelt und Gewehre schußbereit gemacht, während weitere Reiter herbeigaloppierten, um die Vorhut zu verstärken. Das Wort »Rothäute« lag auf aller Lippen.

»Hier können nicht viele Indianer sein«, sagte der ältere Mann, der das Kommando zu haben schien. »Die Pawnees haben wir hinter uns gelassen, und andere Stämme gibt es erst, wenn wir die großen Berge überwunden haben.«

»Soll ich nachsehen gehen, Bruder Stangerson?« fragte einer aus der Truppe.

»Ich auch! Ich auch!« rief ein Dutzend Stimmen.

»Laßt eure Pferde zurück, wir werden hier auf euch warten«, antwortete der Älteste. Im Nu waren die jungen Burschen abgestiegen, hatten ihre Pferde angebunden und erklommen den steilen Abhang, der zu jenem Gegenstand hinaufführte, welcher ihre Neugier erregt hatte. Sie gingen schnell und geräuschlos vor, mit dem Selbstvertrauen und der Geschicklichkeit erfahrener Scouts. Die Zuschauer auf der Ebene unter ihnen konnten sie von Felsen zu Felsen huschen sehen, bis ihre Gestalten sich vom Himmel abhoben. Der junge Mann, der als erster den Alarm ausgelöst hatte, führte sie an. Plötzlich sahen die, die hinter ihm kamen, wie er die Hände hob, als habe die Verblüffung ihn übermannt, und als sie zu ihm stießen, rührte der Anblick, der sich ihren Augen darbot, sie in gleicher Weise an.

Auf dem kleinen Plateau, das den öden Hügel krönte, stand ein einzelner riesiger Felsblock, und an diesen Block gelehnt lag ein großer Mann mit langem Bart und harten Gesichtszügen, der aber überaus dürr war. Sein entspanntes Gesicht und die ruhigen Atemzüge zeigten, daß er tief schlummerte. Neben ihm lag ein kleines Kind, dessen rundliche, weiße Arme seinen braunen, sehnigen Hals umschlangen, und der goldene Schopf ruhte auf der Brust seines Manchester-Rocks. Die rosigen Lippen der Kleinen waren geöffnet und zeigten die ebenmäßigen Reihen schneeweißer Zähne, und auf ihren kindlichen Zügen lag ein verspieltes Lächeln. Ihre rundlichen, kleinen, weißen Beine in weißen Söckchen und sauberen Schuhen mit glänzenden Schnallen standen in seltsamem Gegensatz zu den langen, dürren Gliedmaßen ihres Gefährten. Auf der Felskante über diesem merkwürdigen Paar hockten drei feierlich dreinblickende Bussarde, die beim Anblick der Neuankömmlinge heisere Schreie der Enttäuschung ausstießen und mürrisch von hinnen flatterten.

Die Schreie der üblen Vögel weckten die beiden Schläfer, die sich verwirrt umschauten. Der Mann kam schwankend auf die Füße und sah zur Ebene hinab, die so öde gewesen war, als der Schlaf ihn übermannt hatte, und die nun von dieser ungeheuren Masse von Menschen und Tieren überquert wurde. Sein Gesicht nahm einen Ausdruck des Unglaubens an, während er stand und starrte, und er fuhr sich mit der knochigen Hand über die Augen. »Das ist wohl, was man Delirium nennt«, murmelte er. Das Mädchen stand neben ihm, hielt sich

## Auf der grossen Alkali-Ebene

an seinem Rocksaum fest und sagte nichts, sah sich jedoch mit dem verwunderten, fragenden Blick der Kindheit um.

Die Rettungstruppe konnte die beiden Verlorenen bald davon überzeugen, daß ihr Auftauchen keine Wahnvorstellung war. Einer von ihnen ergriff das kleine Mädchen und hob sie auf seine Schulter, während zwei andere ihren hageren Gefährten stützten und ihm zu den Wagen halfen.

»Ich heiße John Ferrier«, erklärte der Wanderer. »Ich und die Kleine da sind alles, was von einundzwanzig Leuten übrig ist. Der Rest ist an Hunger und Durst gestorben, weiter im Süden.«

»Ist sie Ihr Kind?« fragte jemand.

»Das ist sie jetzt sicher«, rief der andere trotzig. »Sie ist mein Kind, weil ich sie gerettet habe. Niemand wird sie mir wegnehmen. Von heute an ist sie Lucy Ferrier. Wer sind Sie denn eigentlich?« fuhr er fort; er warf seinen kräftigen, sonnverbrannten Rettern neugierige Blicke zu. »Von euch scheint's ja recht viele zu geben.«

»An die zehntausend«, sagte einer der jungen Männer. »Wir sind die verfolgten Kinder Gottes – die Auserwählten des Engels Merona.«

»Von dem hab ich noch nie gehört«, sagte der Wanderer. »Er scheint ja eine nette Auswahl getroffen zu haben.«

»Treib keine Scherze mit Heiligem«, sagte der andere

*Einer von ihnen ergriff das kleine Mädchen und hob sie auf seine Schulter.*

streng. »Wir gehören zu denen, die an jene heiligen Schriften glauben, die abgefaßt in ägyptischen Zeichen auf Platten gehämmerten Goldes dem heiligen Joseph Smith in Palmyra ausgehändigt wurden. Wir kommen aus Nauvoo im Staat Illinois, wo wir unseren Tempel gegründet hatten. Wir sind gekommen, um Zuflucht vor dem Gewalttätigen und dem Gottlosen zu suchen, und wenn es auch im Herzen der Wüste wäre.«

Der Name Nauvoo schien bei John Ferrier offenbar Erinnerungen zu wecken. »Ach so«, sagte er, »ihr seid die Mormonen.«

»Wir sind die Mormonen«, antworteten seine Gefährten wie aus einem Munde.

»Und wohin geht ihr?«

»Das wissen wir nicht. Die Hand Gottes führt uns in der Person unseres Propheten. Sie müssen zu ihm kommen. Er wird sagen, was wir mit Ihnen machen sollen.«

Inzwischen hatten sie den Fuß des Hügels erreicht und waren von Pilgergruppen umgeben – blaßgesichtige Frauen mit demütiger Miene; kräftige, lachende Kinder; besorgte Männer mit ernsten Augen. Von ihnen allen kamen viele Rufe des Staunens und Mitleids, als sie die Jugend eines der Fremdlinge und den elenden Zustand des anderen sahen. Ihre Begleiter blieben jedoch nicht stehen, sondern drängten sich vorwärts, gefolgt von einer großen Menge Mormonen, bis sie einen Wagen erreichten, der durch seine Größe und sein elegantes, prunkvolles Äußeres auffiel. Sechs Pferde waren vor ihm ins Joch gespannt, wogegen die anderen Wagen mit zwei oder höchstens vier Tieren versehen waren. Neben dem Fahrer saß ein Mann, der nicht älter sein konnte als dreißig Jahre, aber sein gewichtiger Kopf und seine entschlossene Miene kennzeichneten ihn als Führer. Er las in einem braun eingebundenen Buch, das er jedoch bei der Annäherung der Menge beiseite legte, um einem Bericht über den Vorfall aufmerksam zu lauschen. Danach wandte er sich den beiden Verlorenen zu.

»Wenn wir euch mitnehmen«, sagte er feierlich, »dann nur als solche, die unseren Glauben teilen. Wir wollen keine Wölfe in unserem Pferch haben. Viel eher sollen eure Gebeine in dieser Wüstenei bleichen, denn daß ihr euch als jener kleine Fleck des Verfalls erweist, der mit der Zeit die ganze Frucht verdirbt. Wollt ihr zu diesen Bedingungen mit uns kommen?«

»Ich schätze, ich komme zu jeder Bedingung mit euch«, sagte Ferrier, mit solchem Nachdruck, daß die ernsten Ältesten ein Lächeln nicht unterdrücken konnten. Allein der Führer wahrte seine strenge, ehrfurchtgebietende Miene.

»Nimm ihn, Bruder Stangerson«, sagte er, »gib ihm Nahrung und Trunk, und desgleichen dem Kinde. Mach es dir ferner zur Aufgabe, ihn in unserem heiligen Glauben zu unterweisen. Wir haben uns lange genug aufgehalten! Vorwärts! Weiter, gen Zion!«

»Weiter, gen Zion!« rief die Menge der Mormonen, und die Worte rieselten den langen Treck hinab, gingen von Mund zu Mund, bis sie in der Ferne als dumpfes Gemurmel erstarben. Mit knallenden Peitschen und knarrenden Rädern setzten sich die großen Wagen in Bewegung, und bald wand sich der ganze Treck wieder fort. Der Älteste, dessen Fürsorge die beiden Heimatlosen anvertraut worden waren, führte sie zu seinem Wagen, wo bereits ein Mahl ihrer harrte.

»Ihr werdet hier bleiben«, sagte er. »In ein paar Tagen werdet ihr euch von eurer Mühsal erholt haben. Inzwischen denkt daran, daß ihr jetzt und für immer unserer Religion angehört. Brigham Young hat es gesagt, und er hat mit der Stimme von Joseph Smith gesprochen, welche die Stimme Gottes ist.«

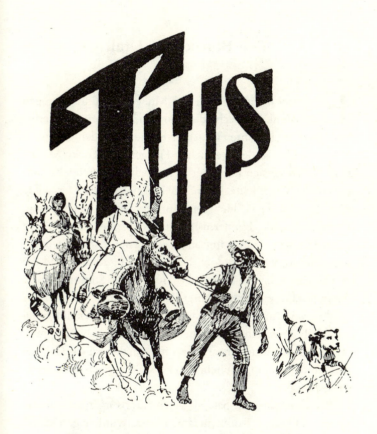

*This is not the place to commemorate the trials and privations endured by the immigrant Mormons ...*

## Die Blume von Utah

Es ist hier nicht die Stelle, der Mühen und Entbehrungen zu gedenken, welche die wandernden Mormonen erlitten, bis sie endlich ihre Freistatt erreichten. Von den Ufern des Mississippi bis zu den westlichen Hängen der Rocky Mountains hatten sie sich mit einer Beharrlichkeit durchgekämpft, die in der Geschichte kaum ein Beispiel findet. Der wilde Mensch und das wilde Tier, Hunger, Durst, Erschöpfung, Krankheit – jedes Hindernis, das die Natur ihnen in den Weg legen konnte – waren mit angelsächsischer Zähigkeit überwunden worden. Und doch hatten die lange Reise und die vielfältigen Schrecken auch die Herzen der Stärksten unter ihnen erschüttert. Keiner unter ihnen, der nicht auf die Knie gefallen wäre, in innigem Dankgebet, als sie das weitläufige Tal von Utah unter sich liegen sahen, vom Sonnenlicht überspült, und aus dem Mund ihres Führers hörten, dies sei das Gelobte Land und diese jungfräulichen Äcker sollten ihnen auf immerdar gehören.

Young erwies sich bald als geschickter Organisator sowie als entschlossener Kommandant. Karten wurden gezeichnet und Entwürfe angefertigt, auf denen man die künftige Stadt umriß. Allenthalben wurde Farmland unterteilt und den einzelnen Personen gemäß ihren Verdiensten zugewiesen. Der Händler widmete sich seinem Beruf und der Kunsthandwerker seiner Berufung. In der Stadt entstanden wie durch Zauber Straßen und Plätze. Das umliegende Land wurde entwässert, eingezäunt, bepflanzt und gerodet, und der folgende Sommer traf das ganze Land golden vom Weizen an. Alles gedieh in der seltsamen Ansiedlung. Über allem wuchs der große Tempel, den sie im Mittelpunkt der Stadt errichtet hatten, und wurde immer größer. Von der ersten Morgenröte bis zum Ende des abendlichen Zwielichts fehlten nie das Klirren des Hammers und das Reißen der Säge um dieses Monument, das die Einwanderer Ihm errichtet, der sie sicher durch viele Fährnisse geführt hatte.

Die beiden Verlorenen, John Ferrier und das kleine Mädchen, das sein Schicksal geteilt hatte und als seine Tochter angenommen worden war, begleiteten die Mormonen ans Ende ihrer großen Pilgerreise. Die kleine Lucy Ferrier reiste sehr angenehm im Wagen des Ältesten Stangerson, einer Unterkunft, die sie mit den drei Frauen des Mormonen und seinem Sohn teilte, einem starrköpfigen, vorwitzigen Jungen von zwölf Jahren. Nachdem sie mit der Anpassungsfähigkeit der Kindheit den Schock des Todes ihrer Mutter überwunden hatte, wurde sie bald zum Liebling der Frauen und gewöhnte sich an dieses neue Leben in ihrem planenbedeckten, beweglichen Heim. Inzwischen zeichnete sich Ferrier, von seinen Entbehrungen erholt, als nützlicher Scout und unermüdlicher Jäger aus. So rasch gewann er die Wertschätzung seiner neuen Gefährten, daß man sich, als das Ende der Wanderschaft erreicht war, einmütig darauf einigte, ihm ein so großes und fruchtbares Landstück wie jedem anderen Siedler zuzuteilen, ausgenommen Young selbst sowie Stangerson, Kemball, Johnson und Drebber, die die vier wichtigsten Ältesten waren.

Auf der so erworbenen Farm baute John Ferrier ein festes Holzhaus, das in den folgenden Jahren viele Anbauten erfuhr, so daß es zu einer geräumigen Villa wuchs. Er war ein Mann mit praktischen Veranlagungen, vernünftig in seinen Unternehmungen und geschickt mit den Händen. Seine eiserne Konstitution erlaubte es ihm, vom Morgen bis zum Abend sein Land zu bessern und zu bearbeiten. So kam es, daß die Farm und all sein Besitz außerordentlich gut gediehen. Nach drei Jahren ging es ihm besser als seinen Nachbarn, nach sechs war er wohlhabend, nach neun reich, und nach zwölf Jahren gab es nicht einmal ein halbes Dutzend Männer in ganz Salt Lake City, die sich mit ihm messen konnten. Vom großen Binnensee bis zu den fernen Wasatch-Bergen war kein Name bekannter als der von John Ferrier.

Es gab eines, und nur dieses eine, womit er die Empfindungen seiner Glaubensgenossen verletzte. Weder Argumente noch Überredungsversuche konnten ihn je dazu bringen, sich nach Art seiner Gefährten mit Frauen zu umgeben. Er gab für diese beharrliche Weigerung niemals Gründe an, sondern beschränkte sich darauf, entschieden und unbeugsam dieser seiner Entschlossenheit anzuhangen. Manche ziehen ihn der Lauheit gegenüber seiner angenommenen Religion, andere schoben es auf Gier nach Reichtum und Abneigung gegen Ausgaben. Wieder andere sprachen von einer frühen Liebschaft und einem blondhaarigen Mädchen, das am Gestade des Atlantik dahingeschmachtet war. Welchen Grund er auch immer haben mochte, Ferrier blieb strikt zölibatär. In jeder anderen Hinsicht hielt er sich an die Religion der jungen Ansiedlung und erwarb den Ruf eines orthodoxen und rechtschaffenen Mannes.

Lucy Ferrier wuchs im Holzhaus auf und ging ihrem Adoptiv-Vater bei all seinen Unternehmungen zur Hand. Die frische Luft der Berge und der balsamische Duft der Nadelbäume nahmen bei dem jungen Mädchen die Stellen von

Amme und Mutter ein. Mit den Jahren wurde sie größer und kräftiger, ihre Wangen frischer und ihr Gang federnder. Mancher Fahrensmann auf der Straße, die an Ferriers Farm entlanglief, spürte langvergessene Gedanken in seinem Gemüt aufleben, wenn er ihre geschmeidige Mädchengestalt durch die Weizenfelder streifen sah oder ihr begegnete, wenn sie auf ihres Vaters Mustang ritt, den sie mit all der Leichtigkeit und Anmut eines echten Kindes des Westens zu behandeln wußte. So blühte die Knospe zu einer Blume auf, und in dem Jahr, da ihr Vater der reichste Farmer wurde, war sie das schönste Beispiel amerikanischen Mädchentums, das sich im pazifischen Teil des Kontinents nur finden ließ.

Es war jedoch nicht der Vater, der als erster entdeckte, daß das Kind sich zu einer Frau entwickelt hatte. Das ist in solchen Fällen auch selten. Diese geheimnisvolle Verwandlung ist zu subtil und allmählich, als daß sie in Daten gemessen werden könnte. Am wenigsten von allen weiß es die Maid selbst, bis der Tonfall einer Stimme oder die Berührung einer Hand ihr Herz aufwühlt und sie mit einer Mischung aus Stolz und Furcht erfährt, daß in ihr ein neues und größeres Sein erwacht ist. Nur wenige gibt es, die sich dieses Tages nicht entsönnen und sich nicht an jenen einen kleinen Vorfall zu erinnern vermöchten, der den Morgen eines neuen Lebens ankündigte. In Lucy Ferriers Fall war dieser Vorfall an sich schwerwiegend genug, nicht zu reden von seinen künftigen Auswirkungen auf ihr Geschick sowie auch das vieler anderer.

Es war ein warmer Junimorgen, und die Heiligen der Letzten Tage waren emsig wie die Bienen, deren Korb sie zu ihrem Emblem gemacht haben. Von allen Feldern und Straßen drang das Summen menschlichen Fleißes. Über die staubigen Landstraßen zogen lange Ströme schwerbeladener Maultiere gen Westen, denn in Kalifornien war das Goldfieber ausgebrochen, und die Landroute führte durch die Stadt der Auserwählten. Hinzu kamen Herden von Schafen und Rindern von abgelegenen Weiden sowie Züge müder Einwanderer, Menschen und Pferde gleichermaßen erschöpft von ihrer endlosen Reise. Durch all diese buntscheckigen Ansammlungen galoppierte Lucy Ferrier; mit der Geschicklichkeit einer vollkommenen Reiterin suchte sie sich ihren Weg, ihr hübsches Gesicht war von der Anstrengung gerötet, und ihr langes kastanienbraunes Haar wehte hinter ihr drein. Sie hatte einen Auftrag ihres Vaters in der Stadt zu erfüllen, und sie preschte hinein wie so oft zuvor, mit der ganzen Unbekümmertheit der Jugend; dabei dachte sie nur an ihren Auftrag und seine Ausführung. Die von der Reise gezeichneten Abenteurer blickten ihr erstaunt nach, und sogar die leidenschaftslosen Indianer, die mit ihren Fellen zur Stadt kamen, entäußerten sich ihres gewohnten Stoizismus und bewunderten die Schönheit der bleichgesichtigen Maid.

Sie hatte den Stadtrand erreicht, als sie die Straße von einer großen Rinderherde, getrieben von einem halben Dutzend wild dreinblickender Viehhüter aus der Prärie, versperrt fand. In ihrer Ungeduld versuchte sie, dieses Hindernis zu nehmen, indem sie ihr Pferd dorthin lenkte, wo sie eine Lücke zu sehen wähnte. Sie war jedoch kaum hineingelangt, als die Menge der Tiere sich hinter ihr schloß und sie sich völlig eingebettet fand in den beweglichen Strom von Ochsen mit grimmen Augen und langen Hörnern. Da sie daran gewöhnt war, mit Vieh umzugehen, ängstigte ihre Lage sie keineswegs; sie nahm sogar jede Gelegenheit wahr, ihr Pferd voranzutreiben, in der Hoffnung, sich einen Weg durch die Kavalkade bahnen zu können. Unglücklicherweise traf das Horn eines der Tiere, zufällig oder gezielt, heftig die Flanke des Mustangs, der sogleich toll wurde und durchging. Mit einem Schnauben der Wut stieg er auf die Hinterbeine und tanzte und schüttelte sich so, daß jeder andere denn ein geschickter Reiter abgeworfen worden wäre. Es war eine sehr gefährliche Situation. Jeder Satz des erregten Pferdes brachte es wieder mit den Hörnern in Berührung und stachelte es zu neuer Raserei an. Das Mädchen hatte große Mühe, im Sattel zu bleiben, aber ein Sturz hätte einen schrecklichen Tod unter den Hufen der ungebärdigen und erschreckten Tiere bedeutet. Jäher Notlagen ungewohnt begann ihr Kopf sich zu drehen, und ihr Griff nach dem Zügel lockerte sich. Erstickt durch die aufgewühlte Staubwolke und die Ausdünstungen der erregten Tiere hätte sie wohl verzweifelt alle Versuche aufgegeben, wenn nicht neben ihr eine freundliche Stimme sie Beistands versichert hätte. Im gleichen Augenblick packte eine sehnige braune Hand das erschreckte Pferd bei der Kandare; der Mann bahnte sich einen Weg durch die Herde und brachte sie bald ins Freie.

»Ich hoffe, Sie sind nicht verletzt, Miss«, sagte ihr Retter höflich.

Sie blickte zu seinem dunklen, grimmigen Gesicht empor und lachte munter. »Ich bin furchtbar erschrocken«, sagte sie unbefangen. »Wer hätte auch gedacht, daß Poncho sich von ein paar Kühen so erschrecken läßt?«

»Danken Sie Gott, daß Sie im Sattel geblieben sind«, sagte der andere ernst. Er war ein großer, rauh aussehender junger Bursche auf einem mächtigen Rotschimmel; er trug die grobe Kleidung eines Jägers, und ein langes Gewehr hing über seiner Schulter. »Ich schätze, Sie sind John Ferriers Tochter«, bemerkte er. »Ich habe Sie von seinem Haus herreiten sehen. Wenn Sie ihn wiedersehen, fragen Sie ihn, ob er sich an die

*Eine sehnige braune Hand packte das
erschreckte Pferd bei der Kandare.*

Jefferson Hopes aus St. Louis erinnert. Wenn er *der* Ferrier ist, dann waren mein Vater und er enge Freunde.«

»Wollen Sie nicht lieber kommen und selbst fragen?« meinte sie ernsthaft.

Der junge Mann schien über diesen Vorschlag erfreut, und seine dunklen Augen funkelten fröhlich. »Das mache ich«, sagte er. »Wir sind zwei Monate lang in den Bergen gewesen, deshalb sind wir alles in allem nicht gerade besuchsfein. Er muß uns hinnehmen, wie wir sind.«

»Er hat gute Gründe, sich bei Ihnen zu bedanken; ich auch«, antwortete sie. »Er hängt schrecklich an mir. Wenn mich diese Kühe zertrampelt hätten, er wäre nie darüber hinweggekommen.«

»Ich auch nicht«, sagte ihr Begleiter.

»Sie! Also, ich kann mir nicht denken, daß es Ihnen viel ausmacht. Sie sind doch nicht einmal ein Freund von uns.«

Das Gesicht des jungen Jägers wurde bei dieser Bemerkung so düster, daß Lucy Ferrier in lautes Lachen ausbrach.

»Na, also so habe ich das nicht gemeint«, sagte sie. »Natürlich sind Sie jetzt ein Freund. Sie müssen uns besuchen kommen. Ich muß mich jetzt aber beeilen, sonst vertraut mir Vater seine Geschäfte nicht mehr an. Good-bye!«

»Good-bye«, erwiderte er; er lüftete seinen breiten Sombrero und neigte sich über ihre kleine Hand. Sie warf ihren Mustang herum, gab ihm einen leichten Hieb mit der Reitpeitsche und sprengte die breite Straße hinab, eingehüllt in eine wogende Staubwolke.

Der junge Jefferson Hope ritt mit seinen Gefährten weiter, düster und schweigsam. Er und sie waren als Silber-Prospektoren in den Bergen von Nevada gewesen und kamen nach Salt Lake City in der Hoffnung, genug Kapital aufzubringen, um Adern ausbeuten zu können, die sie entdeckt hatten. Er war auf das Geschäft so versessen gewesen wie die anderen, bis dieser plötzliche Vorfall seine Gedanken in eine neue Richtung gelenkt hatte. Der Anblick des schönen jungen Mädchens, frisch und erquickend wie die Brisen der Sierra, hatte sein vulkanisches, ungezähmtes Herz zutiefst aufgewühlt. Als sie aus seinem Blick verschwunden war, begriff er, daß eine Krise sein Leben überkommen hatte und daß weder Silberspekulationen noch sonst eine Frage jemals wieder so wichtig für ihn sein konnten wie dieses neue, alles andere verdrängende Anliegen. Die Liebe, die in seinem Herzen plötzlich entsprossen, war nicht die jähe, wankelmütige Laune eines Jungen, sondern die heftige, wilde Leidenschaft eines Mannes von starkem Willen und gebieterischem Wesen. Er war daran gewöhnt, in allem Erfolg zu haben, das er in Angriff nahm. Im Herzen schwor er sich, daß er auch hierin nicht versagen würde, sofern menschliche Mühen und menschliche Beharrlichkeit ihm zum Erfolg verhelfen konnten.

An diesem Abend suchte er John Ferrier auf und wiederholte den Besuch viele Male, bis sein Gesicht im Farmhaus vertraut war. John, im Tal eingesperrt und von seiner Arbeit in Anspruch genommen, hatte nicht viele Möglichkeiten gehabt, in den letzten zwölf Jahren die Neuigkeiten der Außenwelt zu erfahren. Jefferson Hope konnte ihm all dies geben, und zwar in einer Weise, die Lucy ebenso interessierte wie ihren Vater. Er war einer der Pioniere in Kalifornien gewesen und konnte viele seltsame Geschichten erzählen, wie in jenen wilden, erfüllten Zeiten Vermögen gewonnen wurden und zerrannen. Er war auch Scout gewesen und Fallensteller, Silbersucher und Rancharbeiter. Wo immer erregende Abenteuer zu finden waren, hatte Jefferson Hope nach ihnen gesucht. Der alte Farmer fand schnell Gefallen an ihm und sprach beredt von seinen Tugenden. Bei solchen Gelegenheiten pflegte Lucy zu schweigen, aber die Röte ihrer Wangen und ihre hellen, frohen Augen zeigten nur allzu deutlich, daß ihr junges Herz nicht länger ihr gehörte. Ihr redlicher Vater mag diese Symptome vielleicht nicht wahrgenommen haben, doch waren sie sicherlich an den Mann, der ihre Neigung gewonnen hatte, nicht vergeudet.

Eines Sommerabends kam er die Straße herabgaloppiert und zügelte sein Pferd vor dem Tor. Sie stand in der Tür und kam herbei, ihn zu begrüßen. Er warf die Zügel über den Zaun und schritt den Gang zum Haus hinan.

»Ich geh fort, Lucy«, sagte er; er nahm ihre Hände in seine und blickte zärtlich in ihr Gesicht hinunter. »Ich will dich nicht bitten, jetzt mit mir zu kommen, aber bist du bereit, mit mir zu gehen, wenn ich wieder hier bin?«

»Und wann wird das sein?« fragte sie, errötend und lachend.

»Höchstens ein paar Monate. Dann werde ich kommen und dich mitnehmen, mein Liebling. Niemand kann sich noch zwischen uns stellen.«

*Eines Sommerabends kam Jefferson Hope die Straße herabgaloppiert.*

»Und was ist mit Vater?« fragte sie.

»Er ist einverstanden, vorausgesetzt, wir bringen diese Minen wirklich in Gang. Aber da habe ich keine Sorge.«

»Also, wenn Vater und du alles besprochen habt, dann gibt es nichts mehr zu sagen«, flüsterte sie; sie legte ihre Wange an seine breite Brust.

»Gott sei Dank!« sagte er heiser; er neigte sich zu ihr und küßte sie. »Dann ist es also abgemacht. Je länger ich bleibe, desto schwerer wird es zu gehen. Sie warten am Canyon auf mich. Good-bye, mein Liebling – good-bye. In zwei Monaten wirst du mich wiedersehen.«

Noch während er sprach, riß er sich von ihr los, warf sich auf sein Pferd und galoppierte wildlings von dannen; dabei sah er sich nicht ein Mal um, als fürchte er, seine Entschlossenheit könne ihn verlassen, wenn er auch nur einen Blick auf das würfe, was er verließ. Sie stand am Tor und blickte ihm nach, bis er aus ihren Augen verschwand. Dann ging sie zurück ins Haus, das glücklichste Mädchen in ganz Utah.

*Three weeks had passed since Jefferson Hope
and his comrades had departed ...*

## John Ferrier spricht mit dem Propheten

Drei Wochen waren vergangen, seit Jefferson Hope und seine Kameraden Salt Lake City verlassen hatten. John Ferriers Herz war schwer, wenn er an die Rückkehr des jungen Mannes dachte und an den drohenden Verlust seines Adoptivkindes. Ihr leuchtendes und glückliches Gesicht söhnten ihn jedoch mit der Abmachung besser aus, als jedes Argument es hätte tun können. Tief in seinem entschiedenen Herzen war er stets entschlossen gewesen, sich durch nichts je dazu bringen zu lassen, in eine Heirat seiner Tochter mit einem Mormonen einzuwilligen. Eine derartige Ehe betrachtete er nicht als Ehe, sondern als Schmach und Schande. Was auch immer er sonst von den mormonischen Lehren halten mochte, in diesem einen Punkt war er unbeugsam. Zu diesem Thema hatte er jedoch seine Lippen versiegeln müssen, denn in jenen Tagen war es im Land der Heiligen gefährlich, eine unorthodoxe Meinung auszusprechen. Ja, gefährlich – so gefährlich, daß auch der Heiligmäßigste seine religiösen Ansichten nur hinter vorgehaltener Hand zu flüstern wagte, damit nicht etwas seinem Mund Entfleuchtes mißverstanden werde und rasche Vergeltung über ihn bringe. Jene, die Verfolgung erlitten hatten, waren nun selbst zu Verfolgern geworden, und zwar zu Verfolgern der schrecklichsten Art. Nicht die Inquisition zu Sevilla noch das deutsche Femegericht noch die Geheimgesellschaften Italiens konnten je eine schrecklichere Maschinerie in Gang setzen als jene, die den Staat Utah verdüsterte.

Ihre Unsichtbarkeit und die damit verbundenen Geheimnisse machten diese Organisation doppelt furchtbar. Sie schien allwissend und allmächtig, und doch war sie weder zu sehen noch zu hören. Wer sich der Kirche entgegenstellte, verschwand, und keiner wußte, wohin er gegangen, noch was ihm zugestoßen war. Frau und Kinder warteten zu Hause auf ihn, aber kein Vater kehrte jemals zurück, um ihnen zu berichten, wie es ihm in den Händen seiner geheimen Richter ergangen war. Einem voreiligen Wort oder einer überhasteten Tat folgte die Vernichtung, und dennoch wußte niemals jemand etwas über das Wesen dieser schrecklichen Macht, die über ihnen hing. Kein Wunder, daß die Menschen in Furcht und Bangen verharrten und daß sie selbst im Herzen der Wildnis die Zweifel, die sie bedrückten, nicht einmal zu flüstern wagten.

Zunächst wurde diese vage und schreckliche Gewalt nur gegen jene Widerspenstigen angewandt, die den mormonischen Glauben angenommen hatten und ihn später verdrehen oder aufgeben wollten. Bald jedoch nahm sie größere Ausmaße an. Der Bestand an erwachsenen Frauen ging zur Neige, und Polygamie ohne hierfür ausreichende weibliche Bevölkerung ist nun wahrlich eine unfruchtbare Lehre. Seltsame Gerüchte begannen die Runde zu machen – Gerüchte über ermordete Zuwanderer und überfallene Camps in Gegenden, in denen niemals Indianer gesehen worden waren. Frische Frauen erschienen in den Harems der Ältesten – Frauen, die sich verzehrten und weinten und auf ihren Gesichtern die Spuren unauslöschlichen Grauens zeigten. Späte Bergwanderer berichteten von Banden bewaffneter Männer, maskiert, verstohlen und geräuschlos, die in der Dunkelheit an ihnen vorbeihuschten. Diese Berichte und Gerüchte gewannen Substanz und Gestalt und fanden immer wieder Bestätigung, bis sie schließlich mit einem bestimmten Namen genannt wurden. Bis heute gilt auf den einsamen Ranches des Westens der Name der Daniten-Bande oder der Rächenden Engel als unheimlich und ominös.

Genauere Kenntnisse der Organisation, die solch schreckliche Ergebnisse zeitigte, führten eher zur Mehrung denn zur Minderung des Grauens, das sie den Herzen der Menschen einflößte. Niemand wußte, wer dieser gnadenlosen Gesellschaft angehörte. Die Namen jener, die im Namen der Religion an Blut- und Gewalttaten teilnahmen, wurden strengstens geheimgehalten. Der Freund, dem man seine Bedenken hinsichtlich des Propheten und seiner Mission mitteilte, mochte einer von jenen sein, die nachts mit Feuer und Schwert kamen, eine schreckliche Sühne zu heischen. Daher fürchtete jedermann seinen Nachbarn, und niemand sprach von dem, was ihm wirklich am Herzen lag.

Eines schönen Morgens schickte John Ferrier sich an, auf seine Weizenfelder zu gehen, als er den Torriegel klicken hörte, und da er aus dem Fenster blickte, sah er einen stämmigen, strohblonden Mann mittleren Alters den Weg heraufkommen. Das Herz schlug ihm im Halse, denn dieser Mann war kein anderer als der große Brigham Young persönlich. Voller Bestürzung – denn er wußte sehr wohl, daß solch ein Besuch nichts Gutes bedeuten konnte – lief Ferrier zur Tür, um das Oberhaupt der Mormonen zu begrüßen. Dieser nahm die Grüße jedoch kalt entgegen und folgte ihm mit strengem Gesicht in den Wohnraum.

»Bruder Ferrier«, sagte er, wobei er sich setzte und den Farmer scharf unter seinen hellen Wimpern anblickte, »die Wahren Gläubigen sind dir gute Freunde gewesen. Wir haben dich gerettet, als du in der Wüste verhungertest, wir haben unsere

Nahrung mit dir geteilt, dich sicher ins Auserwählte Tal geführt, dir ein gutes Stück Landes gegeben und es dir gestattet, unter unserem Schutz reich zu werden. Ist es nicht so?«

»Es ist so«, antwortete John Ferrier.

»Als Gegenleistung für all das haben wir nur eine Bedingung gestellt: daß du den Wahren Glauben annimmst und all seine Gebräuche achtest und einhältst. Dies hast du versprochen, und dies, wenn alle Berichte stimmen, hast du vernachlässigt.«

»Und wie soll ich es vernachlässigt haben?« fragte Ferrier; er streckte die Hände aus. »Habe ich nicht zum Gemeinschatz beigetragen? Habe ich nicht den Tempel besucht? Habe ich nicht ...?«

»Wo sind deine Frauen?« fragte Young; er sah sich um. »Ruf sie herein, damit ich sie begrüßen kann.«

»Es stimmt, daß ich nicht geheiratet habe«, antwortete Ferrier. »Aber Frauen waren rar, und es gab viele Männer mit älteren Anrechten als ich. Ich bin nicht einsam gewesen: Ich hatte meine Tochter, die sich um mich kümmern konnte.«

»Genau über deine Tochter will ich mit dir reden«, sagte der Führer der Mormonen. »Sie ist zur Blume von Utah herangewachsen und hat Gnade in den Augen vieler gefunden, die im Land erhaben sind.«

John Ferrier ächzte innerlich.

»Es gibt Geschichten über sie, denen ich gern keinen Glauben schenken möchte – Geschichten, daß sie mit einem Heiden verbunden ist. Es muß wohl das Geschwätz müßiger Zungen sein.

Wie lautet das dreizehnte Gebot des Heiligen Joseph Smith? ›Jede Maid vom Wahren Glauben vermähle sich mit einem der Auserwählten; denn heiratete sie einen Heiden, so beginge sie eine schlimme Sünde.‹ Da dies so ist, kann es unmöglich sein, daß du, der du dich zum Heiligen Glauben bekennst, duldest, daß deine Tochter ihn schändet.«

John Ferrier gab keine Antwort, sondern spielte nervös mit seiner Reitpeitsche.

»In dieser einen Frage soll dein ganzer Glaube auf die Probe gestellt werden – so ist es im Heiligen Rat der Vier entschieden worden. Das Mädchen ist jung, und wir wollen weder, daß sie graue Haare heiratet, noch wollen wir sie aller Wahlmöglichkeit berauben. Wir Ältesten haben viele Färsen\*, aber auch unsere Kinder müssen versorgt werden. Stangerson hat einen Sohn, und Drebber hat einen Sohn, und beide würden deine Tochter gern in ihrem Haus willkommen heißen. Sie soll zwischen ihnen wählen. Sie sind jung und reich und gehören dem Wahren Glauben an. Was sagst du dazu?«

Ferrier saß eine Weile schweigend und mit zusammengezogenen Brauen da.

»Gib uns Zeit«, sagte er schließlich. »Meine Tochter ist sehr jung – sie ist kaum alt genug für die Ehe.«

»Sie soll einen Monat bekommen, um ihre Wahl zu treffen«, sagte Young; er erhob sich von seinem Stuhl. »Am Schluß dieser Zeit soll sie ihre Antwort geben.«

Er war bereits in der Tür, als er sich umwandte, mit gerötetem Gesicht und blitzenden Augen. »Es wäre besser für dich, John Ferrier«, donnerte er, »wenn du und sie nun als bleiche Skelette auf der Sierra Blanca läget, als daß ihr euren schwachen Willen gegen die Anordnungen der Heiligen Vier stellt!«

---

\* Heber C. Kemball spielt in einer seiner Predigten mit diesem liebenswerten Epitheton auf seine hundert Frauen an. [Anmerkung des Autors]

*Er war bereits an der Tür,
als er sich umwandte, mit gerötetem
Gesicht und blitzenden Augen.*

Mit einer drohenden Handbewegung wandte er sich ab, und Ferrier hörte seine schweren Schritte auf dem Kiesweg knirschen.

Er saß noch immer da mit dem Ellenbogen auf dem Knie und grübelte, wie er es seiner Tochter sagen sollte, als eine sanfte Hand sich auf die seine legte, und wie er aufschaute, sah er sie neben sich stehen. Ein Blick in ihr bleiches, entsetztes Gesicht zeigte ihm, daß sie angehört hatte, was vorgefallen war.

»Ich konnte nicht anders«, sagte sie. »Seine Stimme dröhnte durch das Haus. Oh, Vater, Vater, was sollen wir nur tun?«

»Gräm dich nicht«, antwortete er; er drückte sie an sich und fuhr mit seiner großen, rauhen Hand liebevoll über ihr kastanienbraunes Haar. »Auf die eine oder andere Weise werden wir das schon regeln. Du hast nicht das Gefühl, daß deine Zuneigung zu diesem Jungen nachläßt, oder?«

Ihre einzige Antwort war, daß sie schluchzte und seine Hand drückte.

»Nein, natürlich nicht. Es wäre mir auch gar nicht lieb, wenn du das sagtest. Er ist ein guter Junge und ein Christ, und das ist immer noch mehr als all die Leute hier, trotz all ihres Betens und Predigens. Morgen bricht eine Gruppe nach Nevada auf, und ich werde es schon schaffen, ihm eine Botschaft zu schicken, damit er weiß, in welcher Klemme wir stecken. Wenn ich den jungen Mann richtig einschätze, wird er hier mit einem Tempo auftauchen, das Elektrotelegraphen umhauen würde.«

*Ferrier saß noch immer da mit dem Ellenbogen auf dem Knie.*

Lucy lachte unter Tränen über den Vergleich ihres Vaters. »Wenn er kommt, wird er uns raten, was am besten ist. Aber deinetwegen habe ich Angst, lieber Vater. Man hört ... man hört so schreckliche Geschichten über die, die sich dem Propheten widersetzen; immer geschieht etwas Furchtbares mit ihnen.«

»Noch haben wir uns ihm aber nicht widersetzt«, antwortete ihr Vater. »Wenn es so weit ist, können wir uns immer noch fürchten. Wir haben einen ganzen Monat; wenn er vorbei ist, schätze ich, sollten wir besser aus Utah verschwinden.«

»Utah verlassen!«

»Darauf läuft es hinaus.«

»Aber die Farm?«

»Wir werden so viel Geld wie möglich auftreiben und auf den Rest verzichten. Um die Wahrheit zu sagen, Lucy, das ist nicht das erste Mal, daß ich daran gedacht habe. Ich habe keine Lust, vor irgendwem zu kriechen, wie die Leute hier es vor ihrem verdammten Propheten tun. Ich bin ein freigeborener Amerikaner, und mir ist das alles neu. Ich bin wohl zu alt, um es noch zu lernen. Wenn er sich wieder um die Farm herumtreibt, könnte es sein, daß er zufällig mit einer Ladung Rehposten zusammenstößt, die in die andere Richtung unterwegs ist.«

»Aber sie werden uns nicht gehen lassen«, wandte seine Tochter ein.

»Warte, bis Jefferson kommt, dann werden wir alles bald regeln. Inzwischen quäl dich nicht, Liebes, und sieh zu, daß deine Augen nicht aufschwellen, sonst nimmt er mich auseinander, wenn er dich sieht. Wir brauchen vor nichts Angst zu haben, und es gibt überhaupt keine Gefahr.«

John Ferrier machte diese tröstlichen Bemerkungen in einem sehr überzeugten Ton, aber es konnte ihr nicht entgehen, daß er an diesem Abend ungewöhnliche Sorgfalt auf das Schließen der Türen verwandte und daß er die rostige alte Flinte, die an der Wand in seinem Schlafraum gehangen hatte, sorgsam reinigte und lud.

*On the morning which followed his interview with the Mormon Prophet ...*

# Eine Flucht ums nackte Leben

Am Morgen nach diesem Gespräch mit dem mormonischen Propheten ging John Ferrier nach Salt Lake City, und nachdem er seinen Bekannten, der nach Nevada reisen wollte, gefunden hatte, vertraute er ihm seine Botschaft an Jefferson Hope an. Darin teilte er dem jungen Mann mit, daß ihnen unmittelbare Gefahr drohe und daß er dringend zurückkommen solle. Nachdem er dies erledigt hatte, fühlte er sich besser und kehrte mit leichterem Herzen nach Hause zurück.

Als er sich der Farm näherte, sah er zu seiner Überraschung ein Pferd an jeden der beiden Pfosten des Tores gebunden. Noch überraschter war er, als er bei seinem Eintritt zwei junge Männer vorfand, die seinen Wohnraum mit Beschlag belegt hatten. Einer, mit einem langen blassen Gesicht, lehnte im Schaukelstuhl und hatte die Füße auf den Ofen gelegt. Der andere, ein stiernackiger junger Mann mit groben, aufgedunsenen Zügen, stand mit den Händen in der Tasche am Fenster und pfiff ein beliebtes Kirchenlied. Beide nickten Ferrier zu, als er eintrat, und der Mann im Schaukelstuhl eröffnete das Gespräch.

»Vielleicht kennst du uns nicht«, sagte er. »Dies hier ist der Sohn des Ältesten Drebber, und ich bin Joseph Stangerson, der mit dir durch die Wüste ritt, als der Herr Seine Hand ausstreckte und dich in die Wahre Herde aufnahm.«

»Wie Er es mit allen Völkern tun wird, in der von Ihm dafür vorgesehenen Zeit«, sagte der andere mit näselnder Stimme. »Er mahlt langsam, aber überaus fein.«

John Ferrier verbeugte sich kalt. Er hatte sich bereits gedacht, wer seine Besucher waren.

»Wir sind«, fuhr Stangerson fort, »auf den Rat unserer Väter hin gekommen, um deine Tochter zu freien für den von uns, der dir und ihr als gut erscheint. Da ich erst vier Frauen habe, Bruder Drebber hier dagegen sieben, scheint mir mein Anspruch der bessere zu sein.«

»Nein, nein, Bruder Stangerson«, rief der andere. »Es geht nicht darum, wie viele Frauen wir haben, sondern wie viele wir ernähren können. Mein Vater hat mir jetzt seine Mühlen übergeben, und ich bin der Reichere von uns.«

»Aber meine Aussichten sind besser«, erwiderte der andere heftig. »Wenn der HErr meinen Vater zu sich ruft, werde ich seine Gerberei und seine Lederfabrik besitzen. Außerdem bin ich älter als du und stehe höher in der Kirche.«

»Die Maid soll darüber entscheiden«, gab der junge Drebber zurück; er grinste seinem Spiegelbild in der Fensterscheibe zu. »Wir werden alles ihrer Entscheidung überlassen.«

Während dieses Dialogs hatte John Ferrier aufgebracht unter der Tür gestanden und nur mit Mühe seine Reitpeitsche von den Rücken seiner beiden Besucher zurückzuhalten vermocht.

»Paßt auf«, sagte er schließlich; er trat zu ihnen. »Wenn meine Tochter euch dazu auffordert, könnt ihr herkommen, aber bis dahin will ich eure Gesichter nicht wieder sehen.«

Die beiden jungen Mormonen starrten ihn verblüfft an. In ihren Augen war ihr Wettstreit um die Hand der Maid die höchste Ehre sowohl für diese als auch für ihren Vater.

»Es gibt zwei Ausgänge aus diesem Raum«, rief Ferrier. »Da ist die Tür, und da ist das Fenster. Welchen nehmt ihr lieber?«

Sein braunes Gesicht blickte so grimmig und seine Hand

wirkte so bedrohlich, daß seine Besucher aufsprangen und eilends den Rückzug antraten. Der alte Farmer folgte ihnen bis zur Tür.

»Laßt es mich wissen, wenn ihr euch geeinigt habt, wer sie haben soll«, sagte er sardonisch.

»Das wirst du uns büßen!« rief Stangerson, weiß vor Wut. »Du hast dich dem Propheten und dem Rat der Vier widersetzt. Du wirst es bis ans Ende deiner Tage bereuen!«

»Die Hand des HErrn wird schwer auf dir lasten«, rief der junge Drebber. »Er wird sich erheben und dich zerschmettern!«

»Dann fang ich schon mal an mit dem Zerschmettern«, rief Ferrier zürnend, und er wäre nach oben geeilt, um seine Flinte zu holen, wenn ihn Lucy nicht beim Arm gepackt und zurückgehalten hätte. Bevor

*»Das wirst du uns büßen!« rief Stangerson,*
*weiß vor Wut.*

er sich von ihr lösen konnte, sagte ihm das Klappern der Hufe, daß die beiden außerhalb seiner Reichweite waren.

»Diese scheinheiligen jungen Schufte!« rief er; er wischte sich den Schweiß von der Stirn. »Ich würde dich lieber im Grab sehen, mein Kind, denn als Frau eines der beiden.«

»Ich auch, Vater«, sagte sie heftig. »Aber Jefferson wird bald hier sein.«

»Ja. Es wird nicht lange dauern, bis er kommt. Je schneller desto besser; wir wissen ja nicht, was sie als Nächstes unternehmen.«

Tatsächlich war es höchste Zeit, daß jemand, der zu Rat und Beistand fähig war, dem handfesten alten Farmer und seiner Adoptivtochter zu Hilfe kam. In der ganzen Geschichte der Ansiedlung hatte es nie einen solchen Fall schieren Ungehorsams gegenüber der Autorität der Ältesten gegeben. Wenn schon mindere Verirrungen so streng gestraft wurden, was würde dann das Los dieses Erzrebellen sein? Ferrier wußte, daß sein Reichtum und seine Stellung ihm nicht helfen würden. Andere, ebenso bekannt und reich wie er, waren schon geistergleich verschwunden, und ihre Besitztümer waren der Kirche verfallen. Er war ein tapferer Mann, aber er erbebte unter den vagen, schattenhaften Schrecken, die über ihm hingen. Jeder erkannten Gefahr konnte er gefaßt entgegentreten, aber diese Ungewißheit entnervte ihn. Er verbarg diese Ängste vor seiner Tochter und tat, als nehme er die ganze Sache auf die leichte Schulter, doch mit dem scharfen Blick der Liebe konnte sie deutlich sehen, daß ihm nicht wohl in seiner Haut war.

Er erwartete, wegen seines Verhaltens eine Botschaft oder einen Tadel von Young zu erhalten, und er irrte sich nicht, wenn es ihm auch in einer unvorhersehbaren Weise zuteil wurde. Als er sich am nächsten Morgen erhob, fand er zu seiner Überraschung ein kleines viereckiges Stück Papier auf der Bettdecke genau über seiner Brust befestigt. In großen, tanzenden Druckbuchstaben hatte man darauf geschrieben:

»Neunundzwanzig Tage sind dir gegeben, Buße zu tun, aber dann —«

Der Gedankenstrich war furchteinflößender, als jede Drohung es hätte sein können. Es stellte John Ferrier vor das arge Rätsel, wie diese Warnung in sein Zimmer gekommen sein mochte, denn seine Bediensteten schliefen sämtlich in einem abgelegenen Nebenhaus, und alle Türen und Fenster waren verschlossen gewesen. Er zerknüllte das Papier und sagte seiner Tochter nichts, aber der Vorfall sorgte dafür, daß ihm kalt ums Herz wurde. Die neunundzwanzig Tage waren offenbar der Rest des Monats, den Young versprochen hatte. Welche Kraft, welcher Mut konnten gegen einen Feind helfen, der mit solch mysteriösen Kräften ausgestattet war? Die Hand, die den Zettel mit einer Nadel befestigt hatte, hätte ihm diese auch ins Herz stoßen können, und er hätte niemals erfahren, wer ihn gemeuchelt hatte.

Noch mehr erschütterte ihn der nächste Morgen. Sie hatten sich zum Frühstück niedergelassen, als Lucy mit einem Ausruf der Überraschung nach oben deutete. In der Mitte der Decke stand, offenbar mittels eines angebrannten Stocks geschrieben, die Zahl 28. Für seine Tochter war es unverständlich, und er erklärte es ihr nicht. In dieser Nacht wachte er mit seinem Gewehr. Er sah und hörte nichts, und doch fand er morgens eine große 27 auf die Außenseite der Tür gemalt.

So folgte ein Tag dem anderen, und so sicher, wie der Morgen kam, stellte er fest, daß seine unsichtbaren Feinde ihren Kalender weiterschrieben und an irgendeiner gut sichtbaren

Stelle verzeichnet hatten, wie viele Tage des Gnadenmonats ihm noch verblieben. Manchmal erschienen die unheilvollen Zahlen auf den Wänden, manchmal auf dem Boden, bisweilen fanden sie sich auf kleinen Anschlagzetteln am Gartentor oder am Zaun. Trotz aller Wachsamkeit konnte John Ferrier nicht entdecken, woher diese täglichen Warnungen stammten. Bei ihrem Anblick überkam ihn ein beinahe abergläubisches Grauen. Er wurde hager und ruhelos, und seine Augen nahmen den kummervollen Blick eines gehetzten Tieres an. Er hoffte nur noch auf eines in seinem Leben: die Ankunft des jungen Jägers aus Nevada.

Zwanzig war zu Fünfzehn geworden, und Fünfzehn zu Zehn, aber es gab keine Nachrichten von dem Abwesenden. Eins um eins wurden die Zahlen kleiner, und noch immer kam von ihm kein Zeichen. Sooft ein Reiter die Straße entlangpreschte oder ein Treiber seinem Gespann etwas zurief, eilte der alte Farmer zum Tor, in der Annahme, daß endlich Hilfe gekommen sei. Als er schließlich die Fünf der Vier und diese der Drei weichen sah, verlor er den Mut und ließ alle Hoffnung auf einen Ausweg fahren. Allein und mit seiner begrenzten Kenntnis der Berge, die die Ansiedlung umgaben, war er machtlos und wußte es auch. Alle belebteren Straßen wurden streng beobachtet und bewacht, und ohne einen Auftrag des Rats konnte niemand auf ihnen reisen. Wohin er sich auch wenden mochte, es schien keine Möglichkeit zu geben, den Schlag abzuwehren, der über ihm hing. Dennoch schwankte der alte Mann keinen Augenblick in seiner Entschlossenheit, lieber sein Leben zu geben als in etwas einzuwilligen, was für ihn die Schändung seiner Tochter war.

Eines Abends saß er allein da und grübelte versunken über seinen Sorgen und suchte vergebens nach einem Ausweg. Am

Morgen des Tages hatte die Zahl 2 auf der Hauswand gestanden, und der folgende Tag wäre der letzte der gewährten Zeit. Was würde dann geschehen? Alle möglichen vagen und schrecklichen Bilder erschienen in seiner Vorstellung. Und seine Tochter – was sollte aus ihr werden, wenn er nicht mehr da war? Gab es denn kein Entrinnen aus dem unsichtbaren Netz, das um sie zusammengezogen wurde? Er ließ den Kopf auf den Tisch sinken und schluchzte beim Gedanken an seine Machtlosigkeit.

Was war das? In der Stille hörte er ein leises kratzendes Geräusch – leise, aber in der ruhigen Nacht deutlich vernehmbar. Es kam von der Haustür. Ferrier schlich in die Diele und lauschte angespannt. Einige Momente geschah nichts, dann wiederholte sich das leise, verstohlene Geräusch. Offenbar klopfte jemand ganz leicht auf eines der Türbretter. War es ein mitternächtlicher Mörder, der gekommen war, die tödlichen Befehle des Geheimgerichts auszuführen? Oder war es ein Beauftragter, der ein Zeichen anbringen sollte, daß der letzte Tag der Gnade gekommen war? John Ferrier empfand, daß ein augenblicklicher Tod besser wäre als die ungewisse Spannung, die seine Nerven erschütterte und sein Herz gefrieren ließ. Er sprang vorwärts, schob den Riegel zurück und riß die Tür auf.

Draußen war alles still und ruhig. Die Nacht war schön, und über ihm zwinkerten hell die Sterne. Vor den Augen des Farmers lag der kleine Vorgarten, begrenzt von Zaun und Tor, aber weder dort noch auf der Straße war ein Mensch zu sehen. Mit einem Seufzer der Erleichterung sah Ferrier nach rechts und links, bis er mit einem zufälligen Blick nach unten verwundert sah, daß vor seinen Füßen ein Mann flach auf dem Bauch lag, mit ausgestreckten Armen und Beinen.

*Mit einem zufälligen Blick nach unten sah er,
daß vor seinen Füßen ein Mann flach auf dem Bauch lag.*

Dieser Anblick raubte ihm so sehr die Fassung, daß er sich an die Wand lehnte und sich mit der Hand die Kehle zuhielt, um nicht zu schreien. Sein erster Gedanke war der, daß die ausgestreckte Gestalt die eines Verwundeten oder Sterbenden sei, aber als er sie beobachtete, sah er, wie sie sich mit der Schnelligkeit und Geräuschlosigkeit einer Schlange über den Boden und in die Diele wand. Als er im Haus war, sprang der Mann auf die Beine, schloß die Tür und zeigte dem erstaunten Farmer das grimme Gesicht und die entschlossene Miene von Jefferson Hope.

»Lieber Gott!« ächzte John Ferrier. »Sie haben mich vielleicht erschreckt. Was hat Sie nur dazu gebracht, so hereinzukommen?«

»Geben Sie mir etwas zu essen«, sagte der andere heiser. »Ich habe seit achtundvierzig Stunden keine Zeit gehabt, etwas zu mir zu nehmen.« Er fiel über das Brot und das kalte Fleisch her, das vom Abendessen seines Gastgebers noch auf dem Tisch lag, und verschlang es gierig. »Hält Lucy sich gut?« fragte er, als er seinen Hunger gestillt hatte.

»Ja. Sie kennt die Gefahr nicht«, erwiderte ihr Vater.

»Das ist gut. Das Haus wird von allen Seiten bewacht. Deshalb bin ich bis hierhin gekrochen. Sie mögen ganz schön schlau sein, aber nicht schlau genug, um einen Washoe-Jäger zu schnappen.«

Nun, da er wußte, daß er einen zuverlässigen Verbündeten hatte, fühlte sich John Ferrier wie ein anderer Mann. Er ergriff die ledrige Hand des jungen Mannes und schüttelte sie herzlich. »Sie sind einer, auf den man stolz sein kann«, sagte er. »Es gibt nicht viele, die unsere Gefahr und unsere Sorgen teilen würden.«

»Da haben Sie ins Schwarze getroffen, Partner«, erwiderte der junge Jäger. »Ich achte Sie, aber wenn Sie allein in dieser Sache hingen, würde ich es mir sehr gut überlegen, ehe ich meinen Kopf in so ein Hornissennest steckte. Ich bin wegen Lucy gekommen, und bevor ihr etwas zustößt, schätze ich, gibt es in Utah ein Mitglied der Hope-Familie weniger.«

»Was sollen wir tun?«

»Morgen ist Ihr letzter Tag, und wenn Sie nicht heute nacht handeln, sind Sie verloren. Ich habe ein Maultier und zwei Pferde, die im Eagle Canyon warten. Wieviel Geld haben Sie?«

»Zweitausend Dollar in Gold und fünf in Noten.«

»Das wird reichen. Ich kann ungefähr so viel dazulegen. Wir müssen versuchen, durch die Berge nach Carson City zu kommen. Sie sollten am besten Lucy wecken. Gut, daß die Knechte nicht im Haus schlafen.«

Während Ferrier ging, um seine Tochter auf die baldige Reise vorzubereiten, packte Jefferson Hope alles Eßbare, das er finden konnte, zu einem kleinen Paket und füllte eine irdene Kruke mit Wasser, denn aus Erfahrung wußte er, daß die Brunnen in den Bergen rar waren und weit auseinanderlagen. Er hatte seine Vorkehrungen kaum beendet, als der Farmer mit seiner Tochter zurückkam, die angekleidet und zum Aufbruch bereit war. Die Begrüßung zwischen den Liebenden war warm, aber kurz, denn die Minuten waren kostbar, und es blieb vieles zu erledigen.

»Wir müssen sofort aufbrechen«, sagte Jefferson Hope mit leiser, aber entschlossener Stimme wie einer, der die Größe der Gefahr kennt und sein Herz gestählt hat, ihr entgegenzutreten. »Die Vorder- und Hintertüren werden bewacht, aber mit Vorsicht können wir durch das Seitenfenster und über die Felder entkommen. Wenn wir erst die Straße erreichen, sind es nur noch zwei Meilen bis zur Schlucht, wo die Pferde warten. Bei Tagesanbruch sollten wir halb durch die Berge sein.«

»Was, wenn man uns aufhält?« fragte Ferrier.

Hope klopfte auf den Revolverkolben, der vorn aus seinem Jagdrock ragte. »Wenn es für uns zu viele sind, werden wir zwei oder drei von ihnen mitnehmen«, sagte er mit einem finsteren Lächeln.

Alle Lichter im Haus waren gelöscht, und durch das verdunkelte Fenster spähte Ferrier über die Felder hinaus, die die seinen gewesen waren und die er nun auf immer aufzugeben sich anschickte. Er hatte sich jedoch innerlich seit langem auf das Opfer vorbereitet, und der Gedanke an Ehre und Glück seiner Tochter überwog jedes Bedauern ob seines zugrunde gerichteten Vermögens. Alles wirkte so friedvoll und glücklich, die raschelnden Bäume und der breite stille Streifen des Getreidelandes, daß es schwierig zu begreifen war, wie der Geist des Meuchelmordes in all dem lauerte. Das weiße Gesicht und die grimmige Miene des jungen Jägers zeigten ihm jedoch, daß dieser bei seiner Annäherung an das Haus genug gesehen hatte, um seiner Sache sicher zu sein.

Ferrier trug den Beutel mit dem Gold und den Noten, Jefferson Hope nahm die kargen Vorräte an Nahrung und Wasser, wogegen Lucy ein kleines Bündel hielt, das einige ihrer teureren Besitztümer barg. Sehr langsam und vorsichtig öffneten sie das Fenster, warteten, bis eine dunkle Wolke die Nacht ein wenig mehr verfinstert hatte, und stiegen dann einer nach dem anderen in den kleinen Garten. Sie hielten den Atem an und stolperten geduckt hindurch, erreichten den Schutz des Zauns und liefen daran entlang, bis sie zu der Öffnung kamen, die auf das Getreidefeld führte. Sie hatten eben erst diese Stelle erreicht, als der junge Mann seine beiden Gefährten packte und zu Boden in den Schatten zog, wo sie schweigend und bebend lagen.

Es war sehr gut, daß seine Erfahrungen auf der Prärie Jefferson Hope mit den Ohren eines Luchses versehen hatten. Er und seine Freunde waren kaum niedergekauert, als das melancholische Heulen einer Bergeule einige Yards von ihnen entfernt ertönte; sogleich antwortete ihm ein zweites Heulen, nicht weit entfernt. Gleichzeitig tauchte eine undeutliche, schattenhafte Gestalt aus der Öffnung auf, die ihr Ziel gewesen war, und stieß abermals den klagenden Erkennungsruf aus, worauf ein zweiter Mann aus der Dunkelheit erschien.

»Morgen um Mitternacht«, sagte der erste, der die Befehlsgewalt zu haben schien. »Wenn der *Whip-poor-Will* dreimal schreit.«

»In Ordnung«, erwiderte der andere. »Soll ich es Bruder Drebber sagen?«

»Gib es ihm weiter, und er soll es den anderen sagen. Neun vor sieben!«

»Sieben vor fünf!« gab der andere zurück, und die beiden Gestalten huschten in verschiedene Richtungen auseinander. Die letzten Worte waren offenbar eine Art Erkennungssignal und -antwort gewesen. In dem Moment, da ihre Schritte in der Entfernung verklungen waren, sprang Jefferson Hope auf, half seinen Gefährten durch die Öffnung und lief als erster so schnell er konnte über das Feld, wobei er Lucy stützte und beinahe trug, wenn ihre Kräfte sie zu verlassen schienen.

»Schnell, weiter!« keuchte er von Zeit zu Zeit. »Wir sind durch die Postenkette. Alles kommt darauf an, wie schnell wir sind. Schnell weiter!«

Als sie erst die Straße erreicht hatten, machten sie rasche Fortschritte. Nur einmal begegneten sie jemandem, und da gelang es ihnen, in ein Feld zu schlüpfen und so der Gefahr zu entgehen, erkannt zu werden. Bevor sie die Stadt erreichten, schlug der Jäger einen unebenen und engen Pfad ein, der seitlich weg zu den Bergen führte. Zwei dunkle, zackige Gipfel ragten über ihnen in die Dunkelheit, und zwischen ihnen verlief der Eagle Canyon, in dem die Pferde auf sie warteten. Mit unfehlbarem Instinkt suchte Jefferson Hope seinen Weg zwischen den großen Felsblöcken und durch das Bett eines ausgetrockneten Wasserlaufs, bis er die von Felsen abgeschirmte, entlegene Ecke erreichte, wo die treuen Tiere angebunden waren. Das Mädchen wurde auf das Maultier gesetzt und der alte Ferrier mit seinem Geldbeutel auf eines der Pferde, während Jefferson Hope das andere den steilen und gefährlichen Pfad entlangführte.

Für jeden, der nicht gewohnt war, der Natur in ihren wildesten Stimmungen zu begegnen, war es ein verwirrender Weg. Auf der einen Seite ragte ein Berg tausend Fuß oder höher auf, schwarz, grimmig und bedrohlich, mit hohen Basaltsäulen auf der unebenen Oberfläche, wie Rippen eines versteinerten Ungeheuers. Auf der anderen Seite machte ein wirres Durcheinander von Felsblöcken und Schotter jedes Vordringen unmöglich. Zwischen beidem verlief der unregelmäßige Weg, bisweilen so schmal, daß sie wie die Indianer hintereinander gehen mußten, und so schwierig, daß nur erfahrene Reiter ihn überhaupt bewältigen konnten. Doch waren trotz aller Gefahren und Schwierigkeiten die Herzen der Flüchtlinge leicht, denn jeder Schritt vergrößerte die Entfernung zwischen ihnen und dem schrecklichen Despotismus, vor dem sie flohen.

Sie erhielten jedoch bald einen Beweis dafür, daß sie noch immer in der Reichweite der Heiligen waren. Sie hatten den wildesten und trostlosesten Teil des Passes erreicht, als das Mädchen einen Schreckensschrei ausstieß und nach oben deutete. Auf einem Felsen oberhalb des Pfads stand ein einzelner Posten; er hob sich dunkel und deutlich vom Himmel ab. Er sah sie ebenso schnell wie sie ihn, und sein soldatischer Anruf »Wer da?« hallte durch die stille Schlucht.

»Reisende nach Nevada«, sagte Jefferson; seine Hand ruhte auf dem Gewehr, das an seinem Sattel hing.

Sie konnten sehen, wie der einsame Wächter seine Flinte befingerte und auf sie hinabstarrte, als sei er unzufrieden mit ihrer Anwort.

»Mit wessen Erlaubnis?« fragte er.

»Erlaubnis der Heiligen Vier«, antwortete Ferrier. Seine Erfahrungen mit den Mormonen hatten ihn gelehrt, daß dies die höchste Autorität war, auf die man sich berufen konnte.

»Neun vor sieben«, rief der Posten.

»Sieben vor fünf«, erwiderte Jefferson Hope prompt; er entsann sich der Erkennungsworte, die er im Garten gehört hatte.

»Passiert, und der HErr sei mit euch«, sagte die Stimme von oberhalb. Jenseits des Postens wurde der Weg breiter, und die Pferde konnten in Trab fallen. Als sie sich umwandten, sahen die Flüchtenden den einsamen Wächter, der sich auf sein Gewehr lehnte, und sie wußten, daß sie den letzten Vorposten des Auserwählten Volks passiert hatten und daß vor ihnen die Freiheit lag.

*All night their course lay through intricate defiles
and over irregular and rock-strewn paths …*

## Die Rächenden Engel

Die ganze Nacht lang führte ihr Weg sie durch verzwickte Engpässe und über unebene Pfade, die von Felsen übersät waren. Mehr als einmal kamen sie vom Weg ab, aber Hopes genaue Kenntnis der Berge machte es ihnen möglich, den Pfad wiederzufinden. Als der Morgen hereinbrach, lag vor ihnen eine Szenerie wundervoller wiewohl wilder Schönheit. Auf allen Seiten waren sie von hohen, schneebedeckten Gipfeln umschlossen, die einander über die Schultern schauten und bis zum fernen Horizont reichten. Die felsigen Abhänge auf beiden Seiten waren so steil, daß es ihnen erschien, als hingen Lärchen und Fichten über ihren Häuptern und bedürften nur eines Windstoßes, um auf sie niederzustürzen. Und diese Furcht war keine reine Illusion, denn das wüste Tal war übersät mit Bäumen und Felsblöcken die in ähnlicher Weise gefallen waren. Während sie eben dort entlangritten, donnerte ein großer Felsen mit rauhem Krachen zu Tale, weckte die Echos der schweigsamen Schlünde und erschreckte die müden Pferde, so daß sie in Galopp fielen.

Als sich die Sonne langsam über den östlichen Horizont hob, leuchteten nacheinander die Schneekuppen der großen Berge auf wie Lampen bei einem Fest, bis alle rötlich glühten. Das großartige Schauspiel munterte die Herzen der drei Flüchtigen auf und gab ihnen neue Kraft. Bei einem wilden Sturzbach, der aus einer Schlucht schoß, machten sie Halt und tränkten ihre Pferde, und sie selbst nahmen ein hastiges Frühstück ein. Lucy und ihr Vater hätten gern länger gerastet, aber Jefferson Hope war unerbittlich. »Inzwischen sind sie bestimmt auf unserer Fährte«, sagte er. »Alles hängt davon ab, wie schnell wir sind. Wenn wir erst einmal Carson erreicht haben, können wir uns den Rest unseres Lebens ausruhen.«

Den ganzen Tag über mühten sie sich in den Schluchten ab, und abends schätzten sie, daß sie mehr als dreißig Meilen von ihren Feinden entfernt waren. Als Nachtlager wählten sie den Fuß einer überhängenden Klippe, wo die Felsen ein wenig Schutz vor dem eisigen Wind boten, und dicht aneinandergedrängt, um der Wärme willen, genossen sie einige Stunden Schlafs. Vor Tagesanbruch waren sie jedoch wach und wieder unterwegs. Sie hatten keine Anzeichen dafür entdeckt, daß man sie verfolgte, und Jefferson Hope begann zu glauben, daß sie außerhalb der Reichweite jener schrecklichen Organisation waren, deren Feindschaft sie sich zugezogen hatten. Er wußte ja nicht, wie weit ihr eherner Griff reichte, noch, wie bald er sich um sie schließen und sie vernichten sollte.

Etwa um die Mitte des zweiten Tages ihrer Flucht gingen ihre kargen Vorräte zur Neige. Den Jäger beunruhigte dies jedoch kaum, denn es gab Wild in den Bergen, und er hatte sich schon oft zuvor auf sein Gewehr verlassen müssen, wenn es um Lebensmittel ging. In einem windgeschützten Winkel häufte er einige trockene Zweige aufeinander und entzündete ein loderndes Feuer, an dem seine Gefährten sich wärmen konnten, denn sie befanden sich nun fast fünftausend Fuß über dem Meeresspiegel, und die Luft war bitter kalt und schneidend. Nachdem er die Pferde angebunden und Lucy Lebwohl gesagt hatte, warf er sich das Gewehr über die Schulter und machte sich auf die Suche nach Eßbarem, das das Glück ihm zutreiben mochte. Er blickte zurück und sah den alten Mann und das junge Mädchen über dem lodernden Feuer kauern; die drei Tiere standen regungslos im Hintergrund. Dann verbargen die Felsen sie vor seinen Blicken.

Einige Meilen lang ging er ergebnislos von Schlucht zu Schlucht, wenn er auch aus den Kerben in Baumrinden und anderen Zeichen schloß, daß es zahlreiche Bären in dieser Gegend gab. Nach zwei oder drei Stunden fruchtloser Suche dachte er daran, aufzugeben und umzukehren, als er die Augen hob und etwas sah, das sein Herz mit einem freudigen Schauer füllte. Am Rande eines steilen Felsvorsprungs, drei- oder vierhundert Fuß über ihm, stand ein Geschöpf, das einige Ähnlichkeit mit einem Schaf hatte, aber mit einem Paar riesiger Hörner versehen war. Das *big-horn* – denn so nennt man es – bewachte vermutlich eine dem Jäger unsichtbare Herde; aber glücklicherweise sah es in eine andere Richtung und hatte ihn nicht erblickt. Er ließ sich auf den Bauch nieder, legte das Gewehr auf einen Felsen und zielte lang und ruhig, bevor er den Drücker durchzog. Das Tier sprang in die Luft, torkelte einen Moment lang auf dem Saum des Steilhangs und stürzte dann kopfüber ins Tal hinab.

Das Tier war zu unhandlich, als daß man es hätte tragen können, daher gab sich der Jäger damit zufrieden, eine Keule und ein Stück von der Lende abzuschneiden. Mit dieser Trophäe auf der Schulter beeilte er sich, seine Spuren wiederzufinden, denn es wurde bereits Abend. Er hatte sich jedoch kaum aufgemacht, als er die Schwierigkeiten begriff, die vor ihm lagen. In seinem Jagdeifer hatte er die Schluchten, die er kannte, weit hinter sich gelassen, und es war gar nicht einfach, den Pfad wiederzufinden, den er gekommen war. Das Tal, in dem er sich befand, teilte sich wieder und wieder in Schlünde, die einander so sehr glichen, daß es unmöglich war, sie zu unterscheiden. Er folgte einer dieser kleinen Schluchten eine Meile oder länger, bis er zu einem Sturzbach kam, den er sicherlich nie zuvor gesehen hatte. Überzeugt, den falschen Weg eingeschlagen zu haben, nahm er einen anderen, jedoch mit dem gleichen Ergebnis. Es wurde schnell Nacht, und es war fast dunkel, als er sich endlich in einem Engpaß wiederfand, der ihm vertraut war. Selbst dann war es immer noch schwierig, auf dem richtigen Pfad zu bleiben, denn der Mond war noch nicht aufgegangen und die hohen Felsen auf beiden Seiten machten die Dunkelheit tiefer. Niedergedrückt von seiner Last und erschöpft von den Anstrengungen stolperte er weiter und suchte sich durch den Gedanken aufzumuntern, daß jeder Schritt ihn näher zu Lucy brachte und daß das, was er trug, ausreichte, um sie alle für den Rest der Reise mit Nahrung zu versorgen.

Er hatte nun den Eingang der Enge erreicht, in der er sie zurückgelassen. Selbst in der Dunkelheit konnte er die Umrisse der Klippen erkennen, die den Eingang begrenzten. Er dachte bei sich, daß sie ihn voller Sorgen erwarten mußten, denn er war fast fünf Stunden unterwegs gewesen. In seiner freudigen Erleichterung legte er die Hände an den Mund und ließ das Tal mit einem lauten »Halloo« widerhallen, als Zeichen seiner Rückkehr. Er hielt inne und horchte auf eine Antwort. Keine kam, außer seinem eigenen Ruf, der die öden, stillen Schluchten füllte und in unzähligen Wiederholungen in seine Ohren zurückgetragen wurde. Abermals rief er, lauter als zuvor, und wieder kam von den Freunden, die er vor solch kurzer Zeit zurückgelassen hatte, nicht einmal ein Flüstern zurück. Ein vager, namenloser Schreck überfiel ihn, und wie gehetzt stürzte er vorwärts; in seiner Erregung ließ er die kostbare Nahrung fallen.

Als er um den Felsvorsprung bog, sah er deutlich die Stelle, an der das Feuer angezündet worden war. Dort lag noch immer ein glühender Haufen Holzasche, aber offenbar hatte man sich seit seinem Fortgang nicht mehr darum gekümmert. Allenthalben herrschte Totenstille. Seine Befürchtungen waren zu Gewißheit geworden, als er weitereilte. Kein lebendes Geschöpf fand sich in der Nähe des heruntergebrannten Feuers: Tiere, Mann, Mädchen, alle waren fort. Es war nur allzu deutlich, daß ein jähes und schreckliches Unheil sich in seiner Abwesenheit ereignet hatte – ein Unheil, das sie alle befallen und doch keinerlei Spuren hinterlassen hatte.

Betäubt und verwirrt von diesem Schlag fühlte Jefferson Hope, wie sein Kopf sich drehte, und er mußte sich auf sein Gewehr stützen, um nicht zu stürzen. Er war jedoch vor allem ein Mann der Tat und erholte sich schnell von dieser vorübergehenden Ohnmacht. Er nahm ein halbverbranntes Holzstück aus dem glimmenden Feuer, blies darauf, bis eine Flamme auflorderte, und machte sich mit ihrer Hilfe daran, das kleine Lager zu untersuchen. Der Boden war von Pferdehufen zertrampelt, was ihm zeigte, daß eine große Gruppe Berittener die Flüchtlinge eingeholt hatte, und die Spuren bewiesen, daß sie später nach Salt Lake City zurückgekehrt waren. Hatten sie seine beiden Gefährten mitgenommen? Jefferson Hope war beinahe überzeugt, daß es sich so verhalten mußte, als sein Blick auf einen Gegenstand fiel, der jeden einzelnen Nerv in seinem Körper prickeln machte. Nicht weit von einer Seite des Lagers entfernt fand sich ein niedriger Hügel rötlicher Erde, der zuvor sicherlich nicht dort gewesen war. Ein Irrtum war nicht möglich – es handelte sich um ein frisches Grab. Als der junge Jäger näher ging, sah er, daß aus dem Grab ein Stock ragte, in dessen enger Gabel ein Blatt Papier stak. Die Inschrift darauf war knapp und bündig:

JOHN FERRIER
weiland Bewohner von Salt Lake City
† 4. August 1860

So war also der derbe alte Mann, den er erst kurz zuvor verlassen hatte, nicht mehr, und dies war seine karge Grabschrift. Jefferson Hope blickte wie wild um sich, um zu sehen, ob sich noch ein weiteres Gab fand, aber es gab keinerlei Anzeichen dafür. Lucy war von ihren schrecklichen Verfolgern verschleppt worden, um das ihr zugedachte Schicksal zu erfüllen und eine im Harem des Sohnes des Ältesten zu werden. Als der junge Mann die Unausweichlichkeit ihres Geschicks und seine Ohnmacht, es zu verhindern, begriff, wünschte er, er läge dort neben dem alten Farmer an seiner letzten stillen Ruhestätte.

*Die Inschrift auf dem Blatt Papier war knapp und bündig.*

Sein tatkräftiger Geist schüttelte jedoch abermals die Lethargie ab, die der Verzweiflung entspringt. Wenn ihm sonst nichts zu tun blieb, konnte er zumindest sein Leben der Rache weihen. Neben unbezwinglicher Geduld und Beharrlichkeit besaß Jefferson Hope auch die Fähigkeit langwieriger Rachsucht, die er von den Indianern, mit denen er gelebt hatte, gelernt haben mochte. Während er neben dem trostlosen Feuer stand, begriff er, daß das einzige, was seinen Gram lindern konnte, gründliche und vollständige Vergeltung war, die er eigenhändig seinen Feinden brächte. Er beschloß, seinen starken Willen und seine unermüdliche Tatkraft diesem einen Ziel zu widmen. Mit grimmigem bleichem Gesicht ging er auf seiner Spur dorthin zurück, wo er das Fleisch hatte fallen lassen, und nachdem das glimmende Feuer wieder angefacht war, briet er so viel davon, daß er für einige Tage damit auskommen konnte. Er verschnürte es in einem Bündel und begab sich, erschöpft wie er war, auf den Fußmarsch zurück durch die Berge, auf der Fährte der Rächenden Engel.

Fünf Tage lang mühte er sich erschöpft und mit schmerzenden Füßen durch die Engpässe, die er bereits zu Pferde durchquert hatte. Nachts warf er sich zwischen die Felsen und schlief einige Stunden; vor Tagesanbruch war er jedoch immer längst unterwegs. Am sechsten Tag erreichte er den Eagle Canyon, in dem sie ihre unselige Flucht begonnen hatten. Von dort konnte er auf die Heimstatt der Heiligen hinabschauen. Müde und erschöpft lehnte er sich auf sein Gewehr und schüttelte seine hagere Faust grimmig in Richtung der stillen, ausgedehnten Stadt, die unter ihm lag. Als er auf sie hinabschaute, bemerkte er in einigen der wichtigsten Straßen Fahnen und andere Anzeichen für Festlichkeiten. Er grübelte noch darüber nach, was das bedeuten mochte, als er das Klappern von Pferdehufen hörte und einen Mann herbeireiten sah. Als dieser näher kam, erkannte er einen Mormonen namens Cowper, dem er verschiedentlich Dienste erwiesen hatte. Daher sprach er ihn an, als dieser ihn erreichte, in der Hoffnung, etwas über Lucy Ferriers Geschick zu erfahren.

»Ich bin Jefferson Hope«, sagte er. »Sie werden sich an mich erinnern.«

Der Mormone betrachtete ihn mit unverhohlenem Erstaunen – es war wahrscheinlich schwierig, in diesem abgerissenen, verkommenen Wanderer mit gespenstisch bleichem Gesicht und grimmigen, wilden Augen den schmucken jungen Jäger früherer Tage zu erkennen. Nachdem er jedoch endlich sicher war, daß es sich um Hope handelte, wandelte sich die Überraschung des Mannes zu Bestürzung.

»Sie müssen verrückt sein, herzukommen«, rief er. »Und mein Leben ist auch nichts mehr wert, wenn man mich mit Ihnen reden sieht. Die Heiligen Vier lassen Sie steckbrieflich suchen, weil Sie den Ferriers bei der Flucht geholfen haben.«

»Ich fürchte weder sie noch ihren Steckbrief«, sagte Hope ernst. »Sie müssen doch etwas über diese Angelegenheit wissen, Cowper. Ich beschwöre Sie bei allem, was Ihnen teuer ist, beantworten Sie mir ein paar Fragen. Wir waren doch immer Freunde. Um Gottes willen, lehnen Sie es nicht ab, mir zu antworten.«

»Worum geht es denn?« fragte der Mormone, der sich unbehaglich fühlte. »Machen Sie schnell. Hier haben sogar die Felsen Ohren und die Bäume Augen.«

»Was ist mit Lucy Ferrier geschehen?«

»Sie ist gestern mit dem jungen Drebber vermählt worden. Vorsicht, Mann, Vorsicht; Sie sind ja völlig am Ende.«

»Kümmern Sie sich nicht um mich«, sagte Hope schwach. Er war bis zu den Lippen erbleicht und auf den Stein niedergesunken, gegen den er sich gelehnt hatte. »Vermählt, sagen Sie?«

»Ja, gestern – deshalb all die Fahnen auf dem Endowment House. Zwischen dem jungen Drebber und dem jungen Stangerson hat es einen heftigen Wortwechsel gegeben, wer sie denn nun haben soll. Beide waren bei der Gruppe, die ihnen gefolgt ist, und Stangerson hat ihren Vater erschossen, und das schien ihm einen besseren Anspruch zu geben. Aber die Frage ist dann im Rat behandelt worden, und Drebbers Leute waren zahlreicher, also hat der Prophet sie ihm gegeben. Aber keiner wird sie lange haben; ich habe nämlich gestern den Tod in ihrem Gesicht gesehen. Sie ist eher ein Geist als eine Frau. Und Sie wollen also weg?«

»Ja, ich will weg«, sagte Jefferson Hope, der sich von seinem Stein erhoben hatte. Sein Gesicht hätte aus Marmor gehauen sein können, so hart und entschlossen war seine Miene, während seine Augen unheilvoll leuchteten.

»Wohin wollen Sie gehen?«

»Kümmern Sie sich nicht darum«, antwortete er; er hängte sich das Gewehr über die Schulter, schritt die Schlucht hinab und weiter ins Herz des Gebirges, dorthin, wo die wilden Tiere hausen, und keines von ihnen war so wild und gefährlich wie er.

Die Vorhersage des Mormonen sollte sich nur allzu bald erfüllen. Ob es der schreckliche Tod ihres Vaters war oder die Auswirkung der abscheulichen Ehe, zu der man sie gezwungen hatte – die arme Lucy erhob nie wieder ihr Haupt, sondern schmachtete dahin und starb innerhalb eines Monats. Ihr trunksüchtiger Gemahl, der sie vor allem wegen John Ferriers Besitztümern geheiratet hatte, legte ob diesen Verlusts keinen großen Kummer an den Tag, aber seine anderen Frauen trau-

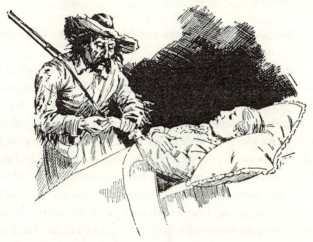

*Er griff nach ihrer Hand und zog den Trauring vom Finger.*

erten um sie und hielten in der Nacht vor der Bestattung die Totenwache, wie es bei den Mormonen Brauch ist. In den frühen Morgenstunden waren sie um die Bahre versammelt, als zu ihrer unaussprechlichen Furcht und Bestürzung die Tür aufgerissen wurde und ein wüst dreinblickender, wettergegerbter Mann in zerrissenen Kleidern in den Raum schritt. Ohne die zusammengekauerten Frauen eines Blickes oder Wortes zu würdigen, trat er zu der weißen stillen Gestalt, die einst die reine Seele von Lucy Ferrier geborgen hatte. Er neigte sich über sie und drückte seine Lippen voller Hingabe auf ihre kalte Stirn; dann griff er nach ihrer Hand und zog den Trauring vom Finger. »Damit soll sie nicht begraben werden«, knurrte er grimmig, und bevor jemand Alarm geben konnte, sprang er die Stufen hinab und war verschwunden. So kurz und seltsam war die Episode, daß die Totenwächterinnen es kaum selbst hätten glauben oder andere davon überzeugen können, wäre da nicht die unwiderlegliche Tatsache gewesen, daß der goldene Ring, der zeigte, daß sie eine Braut gewesen, verschwunden war.

Einige Monate lang trieb sich Jefferson Hope in den Bergen herum, führte ein seltsames, wildes Leben und hegte in seinem Herzen die grimme Lust nach Rache, die ihn besaß. In der Stadt erzählte man Geschichten über die unheimliche Gestalt, die die Vororte durchstreifte und die einsamen Bergtäler heimsuchte. Einmal pfiff eine Kugel durch Stangersons Fenster und drückte sich einen Fuß neben ihm an der Wand flach. Bei einer anderen Gelegenheit, als Drebber unter einem Felsen entlangging, krachte ein großer Block auf ihn herab, und er entging einem schrecklichen Tod nur, indem er sich auf sein Gesicht warf. Es dauerte nicht lange, bis die beiden jungen Mormonen den Grund für diese Anschläge auf ihr Leben entdeckten, und mehrmals führten sie Expeditionen in die Berge, in der Hoffnung, ihren Feind zu fangen oder zu töten, doch stets ohne Erfolg. Danach ergriffen sie die Vorsichtsmaßnahme, nach Beginn der Dunkelheit niemals allein auszugehen und ihre Häuser bewachen zu lassen. Einige Zeit später konnten sie diese Maßnahmen wieder aufgeben, denn von ihrem Gegner war weder etwas zu sehen noch zu hören, und sie hofften, die Zeit habe seine Rachsucht abkühlen lassen.

Weit davon entfernt hatte sie diese im Gegenteil vergrößert. Das Gemüt des Jägers war hart und unnachgiebig, und der Gedanke an Rache hatte so vollständigen Besitz von ihm ergriffen, daß in ihm kein Raum für andere Gefühle war. Vor allem anderen war er jedoch praktisch. Bald begriff er, daß selbst seine eiserne Konstitution den unaufhörlichen Belastungen, denen er sich aussetzte, nicht standhalten konnte. Die Unbilden der Natur und der Mangel an gesunder Nahrung erschöpften ihn. Wenn er in den Bergen wie ein Hund stürbe, was sollte dann aus seiner Rache werden? Und solch ein Tod war ihm sicher, wenn er weiter ausharrte. Er begriff, daß er damit seinen Feinden entgegenkam, daher kehrte er widerwillig zu den alten Minen in Nevada zurück, dort seine Gesundheit wiederherzustellen und genug Geld anzuhäufen, um sein Ziel ohne Entbehrungen verfolgen zu können.

Er hatte beabsichtigt, dort höchstens ein Jahr zu bleiben, aber ein Zusammenwirken unvorhergesehener Umstände hinderte ihn fast fünf Jahre lang daran, den Minen den Rükken zu kehren. Am Ende dieser Zeit waren jedoch seine Erinnerung an das Unrecht und sein Rachedurst noch ebenso frisch wie in jener Nacht, da er neben John Ferriers Grab gestanden hatte. Verkleidet und unter falschem Namen kehrte er nach Salt Lake City zurück, ohne Rücksicht auf sein eigenes Leben, solange er nur das erhielt, was ihn Gerechtigkeit dünkte. In der Stadt erwarteten ihn jedoch schlechte Nachrichten. Einige Monate zuvor war es unter dem Auserwählten Volk zu einem Schisma gekommen, als einige jüngere Mitglieder der Kirche sich wider die Autorität der Ältesten auflehnten, und infolgedessen hatte sich eine Anzahl von Unzufriedenen abgespalten, Utah verlassen, und sie waren zu Heiden geworden. Zu diesen gehörten Drebber und Stangerson, und niemand wußte, wohin sie gegangen waren. Gerüchten zufolge war es Drebber gelungen, einen großen Teil seines Besitzes zu Geld zu machen, und so war er als wohlhabender Mann aufgebrochen, während sein Gefährte Stangerson vergleichsweise arm war. Es gab jedoch keinerlei Hinweis auf ihre Aufenthaltsorte.

Mancher noch so rachsüchtige Mann hätte angesichts solcher Schwierigkeiten jeden Gedanken an Vergeltung fahren lassen, Jefferson Hope jedoch schwankte nicht einen Moment.

Mit dem kleinen Auskommen, das er besaß, aufgebessert durch Arbeiten, die er zwischendurch bekommen konnte, reiste er auf der Suche nach seinen Feinden von Stadt zu Stadt durch die Vereinigten Staaten. Jahr um Jahr verging, sein schwarzes Haar wurde grau, aber noch immer wanderte er weiter, ein Bluthund in Menschengestalt, dessen Geist völlig auf das eine Ziel gerichtet war, dem er sein Leben geweiht hatte. Endlich wurde seine Beharrlichkeit belohnt. Es war nur der flüchtige Blick auf ein Gesicht in einem Fenster, aber dieser Blick sagte ihm, daß Cleveland in Ohio die Männer beherbergte, die er verfolgte. Er kehrte in seine erbärmliche Unterkunft zurück, und sein Racheplan stand in allen Einzelheiten fest. Zufällig hatte Drebber jedoch aus seinem Fenster geschaut, den Vagabunden auf der Straße erkannt und in seinen Augen Mord gelesen. Er eilte zu einem Friedensrichter, begleitet von Stangerson, der sein Privatsekretär geworden war, und legte dem Richter dar, daß sie wegen des Neides und Hasses eines alten Rivalen in Lebensgefahr schwebten. An diesem Abend wurde Jefferson Hope in Gewahrsam genommen, und da es ihm nicht möglich war, Bürgen zu finden, wurde er einige Wochen in Haft gehalten. Als man ihn schließlich freiließ, fand er nur heraus, daß Drebbers Haus leer stand und daß er und sein Sekretär nach Europa abgereist waren.

Abermals waren die Absichten des Rächers vereitelt worden, und abermals trieb sein zielgerichteter Haß ihn dazu, die Verfolgung fortzusetzen. Ihm fehlten jedoch die Mittel, und so mußte er wieder einige Zeit lang arbeiten und sparte jeden Dollar für seine näherrückende Reise. Als er endlich genug zusammengebracht hatte, sich am Leben zu erhalten, reiste er nach Europa ab und folgte der Spur seiner Feinde von Stadt zu Stadt, nahm die niedrigsten Arbeiten an, um weiterreisen zu können, aber niemals holte er die Flüchtigen ein. Als er Sankt Petersburg erreichte, waren sie nach Paris aufgebrochen, und als er ihnen dorthin folgte, erfuhr er, daß sie soeben nach Kopenhagen abgereist waren. In der dänischen Hauptstadt kam er wieder einige Tage zu spät, denn sie hatten sich nach London aufgemacht, wo es ihm endlich gelang, sie zu stellen. Was nun die dortigen Ereignisse angeht, können wir nichts Besseres tun, als den Bericht, den der alte Jäger selbst abgab, so zu zitieren, wie er in Dr. Watsons Journal, dem wir schon so viel verdanken, getreulich verzeichnet ist.

*Our prisoner's furious resistance did not apparently indicate any ferocity...*

# Fortgang der Erinnerungen von John Watson M. D.

Die wütende Gegenwehr unseres Gefangenen schien nicht auf grimmige Abneigung uns gegenüber zurückzuführen zu sein, denn als er feststellte, daß er machtlos war, lächelte er umgänglich und gab seiner Hoffnung Ausdruck, keinen von uns im Handgemenge verletzt zu haben. »Ich schätze, Sie bringen mich jetzt zum Polizeirevier«, bemerkte er, an Sherlock Holmes gewandt. »Meine Droschke steht vor der Tür. Wenn Sie meine Beine losbinden, werde ich hinuntergehen können. Ich bin nicht mehr so leicht zu tragen wie früher einmal.«

Gregson und Lestrade tauschten Blicke aus, als hielten sie diesen Vorschlag für reichlich unverfroren; Holmes jedoch nahm den Gefangenen sogleich beim Wort und entfernte das Handtuch, das er ihm um die Knöchel gebunden hatte. Der Mann erhob sich und dehnte seine Beine, als wolle er sich vergewissern, daß sie tatsächlich wieder frei waren. Ich entsinne mich, daß ich, während ich ihn beobachtete, dachte, daß ich selten einen kräftiger gebauten Mann gesehen hatte; und sein dunkles, sonnverbranntes Gesicht zeigte einen Ausdruck von Entschlossenheit und Energie, der ebenso beeindruckend war wie seine Körperkräfte.

»Wenn es eine freie Stelle für einen Polizeichef gibt, schätze ich, Sie sind der richtige Mann dafür«, sagte er; dabei musterte er meinen Mitbewohner mit unverhohlener Bewunderung.

»Wie Sie mir auf der Spur geblieben sind, das war schon erstklassige Arbeit.«

»Sie sollten wohl besser mit mir kommen«, sagte Holmes, zu den beiden Detektiven gewandt.

»Ich kann fahren«, sagte Lestrade.

»Gut, und Gregson kann mit einsteigen. Sie auch, Doktor. Sie haben sich für den Fall interessiert und können ebenso gut bis zum Ende dabeibleiben.«

Ich stimmte nur zu gern zu, und wir gingen alle gemeinsam die Treppe hinab. Unser Gefangener machte keinen Versuch zu entkommen, sondern stieg ruhig in die Droschke, die die seine gewesen war, und wir folgten ihm. Lestrade klomm auf den Bock, trieb das Pferd mit der Peitsche an und brachte uns innerhalb kürzester Zeit zu unserem Ziel. Man führte uns in einen kleinen Raum, in dem ein Polizeiinspektor den Namen unseres Gefangenen und die Namen der Männer notierte, die ermordet zu haben er beschuldigt wurde. Der Beamte war ein blaßgesichtiger Mann ohne Gefühlsregungen, der seine Pflichten stumpf und mechanisch erfüllte. »Im Lauf der Woche wird der Gefangene dem Polizeirichter vorgeführt«, sagte er. »Mr. Jefferson Hope, haben Sie den Wunsch, schon vorher irgendeine Aussage zu machen? Ich muß Sie allerdings darauf aufmerksam machen, daß Ihre Worte notiert werden und gegen Sie verwendet werden können.«

»Ich habe eine ganze Menge zu sagen«, meinte unser Gefangener. »Ich möchte den Gentlemen alles erzählen.«

»Sollten Sie sich das nicht besser für Ihr Verfahren aufheben?« fragte der Inspektor.

»Vielleicht gibt es gar kein Verfahren«, erwiderte er. »Sehen Sie mich nicht so erschrocken an. Ich denke nicht an Selbstmord. Sind Sie Arzt?« Bei dieser letzten Frage wandte er mir seine grimmigen dunklen Augen zu.

»Ja«, antwortete ich.

»Dann legen Sie Ihre Hand hierhin«, sagte er lächelnd; dabei deutete er mit seinen gefesselten Händen auf seine Brust.

Ich kam seinem Wunsch nach und nahm sogleich ein außerordentliches Pochen und Tosen wahr. Sein Brustkorb schien zu zittern und zu beben wie ein zerbrechliches Gebäude, in dem eine gewaltige Maschine arbeitet. In der Stille des Raums konnte ich ein dumpfes Summen und Rauschen hören, das aus der gleichen Quelle stammte.

»Du liebe Zeit«, rief ich, »Sie haben ein Aneurysma der Aorta!«

»So heißt es wohl«, sagte er gelassen. »Ich bin letzte Woche zu einem Arzt gegangen, und er hat mir gesagt, daß es bersten wird, bevor noch allzu viele Tage vergehen. Es ist seit Jahren immer schlimmer geworden. Zugezogen habe ich es mir wohl durch Überanstrengung und Unterernährung auf den Salt-Lake-Bergen. Jetzt habe ich meine Arbeit getan, und es ist mir gleich, wie bald ich sterbe, aber ich würde gern einen Bericht über die ganze Angelegenheit hinterlassen. Ich will nicht, daß man sich an mich wie an einen gewöhnlichen Meuchelmörder erinnert.«

Der Inspektor und die beiden Detektive berieten sich eilig, ob es denn ratsam sei, ihn seine Geschichte erzählen zu lassen.

»Doktor, glauben Sie, daß unmittelbare Lebensgefahr besteht?« fragte der Inspektor.

»Die besteht ganz gewiß«, antwortete ich.

»In diesem Fall ist es ganz klar unsere Pflicht, im Interesse der Gerechtigkeit seine Aussage aufzunehmen«, sagte der Inspektor. »Sir, Sie können jetzt Ihren Bericht abgeben, aber ich mache Sie noch einmal darauf aufmerksam, daß er aufgezeichnet wird.«

»Mit Ihrer Erlaubnis werde ich mich setzen«, sagte der Gefangene und tat dies auch. »Dieses Aneurysma macht mich schnell müde, und unser Handgemenge vor einer halben Stunde hat die ganze Sache nicht besser gemacht. Ich stehe am Rand des Grabes und habe keinen Anlaß, Sie anzulügen. Jedes Wort, das ich sage, ist absolut wahr, und was Sie damit machen, ist mir völlig gleichgültig.«

Mit diesen Worten lehnte sich Jefferson Hope auf seinem Stuhl zurück und begann mit der nachfolgenden bemerkenswerten Aussage. Er sprach ruhig und methodisch, als seien die Ereignisse, von denen er berichtete, ganz gewöhnlich. Ich kann mich für die Zuverlässigkeit des nachstehenden Berichts verbürgen, denn ich hatte Zugang zu Lestrades Notizbuch, in dem die Worte des Gefangenen genau so verzeichnet wurden, wie er sie äußerte.

»Es kann Ihnen gleichgültig sein, warum ich diese beiden Männer gehaßt habe«, sagte er. »Es genügt, daß sie die Schuld am Tod zweier Menschen hatten – eines Vaters und seiner Tochter –, und daß sie damit ihr eigenes Leben verwirkt haben. Nach all der Zeit, die seit ihrem Verbrechen verstrichen ist, war es unmöglich für mich, sie vor einem Gericht zu belangen. Ich habe aber von ihrer Schuld gewußt, und deshalb habe ich beschlossen, in einer Person Richter, Jury und Henker zu sein. An meiner Stelle hätten Sie, wenn Sie auch nur ein bißchen Männlichkeit in sich haben, das gleiche getan.

Das Mädchen, von dem ich gesprochen habe, sollte mich vor zwanzig Jahren heiraten. Man hat sie gezwungen, diesen Drebber zu heiraten, und ihr damit das Herz gebrochen. Ich habe den Trauring von ihrem toten Finger gezogen und geschworen, daß seine Augen, wenn er stirbt, eben diesen Ring sehen sollen, und daß seine letzten Gedanken dem Verbrechen gelten, für das er bestraft wird. Ich habe den Ring mit mir getragen und Drebber und seinen Komplizen über zwei Kontinente verfolgt, bis ich sie endlich erwischt hatte. Sie wollten mich mürbe machen und abschütteln, aber das konnten sie nicht. Wenn ich morgen sterbe, was ganz wahrscheinlich ist, dann sterbe ich in dem Wissen, daß meine Arbeit in dieser Welt erledigt ist, und gut erledigt ist. Sie sind gestorben, von meiner Hand. Es gibt nichts, was ich jetzt noch hoffen oder wünschen könnte.

Sie waren reich, und ich war arm, also war es für mich nicht so einfach, ihnen zu folgen. Als ich nach London gekommen bin, waren meine Taschen so gut wie leer, und deshalb mußte ich mich zuerst einmal um meinen Lebensunterhalt kümmern. Fahren und Reiten sind für mich so natürlich wie Gehen, deshalb habe ich mich im Büro eines Wagenbesitzers beworben und bald Arbeit gefunden. Ich mußte dem Eigentümer jede Woche eine bestimmte Summe abliefern, und was übrig war, konnte ich selbst behalten. Es war selten viel übrig, aber irgendwie habe ich es geschafft, zurechtzukommen. Der schwierigste Teil der Arbeit ist es gewesen, London kennenzulernen; ich schätze nämlich, daß von allen Labyrinthen, die je ausgetüftelt worden sind, diese Stadt hier das verwirrendste ist. Ich hatte aber immer eine Karte zur Hand, und als ich erst einmal die wichtigsten Hotels und Bahnhöfe kannte, bin ich ganz gut fertig geworden.

Es hat eine Weile gedauert, bis ich herausgefunden hatte, wo meine beiden Gentlemen lebten; aber ich habe gefragt und gefragt, bis ich sie schließlich hatte. Sie waren in einer Pension in Camberwell, drüben, auf dem anderen Flußufer. Als ich sie erst gefunden hatte, wußte ich, daß sie mir ausgeliefert waren. Ich hatte meinen Bart wachsen lassen, also konnten sie mich auf keinen Fall erkennen. Ich wollte wie ein Hund hinter ihnen her sein, bis ich endlich meine Gelegenheit sah. Ich war entschlossen, sie nicht noch einmal entkommen zu lassen.

Und trotzdem hätten sie das fast geschafft. Wohin sie auch immer in London gegangen sind, ich war ihnen auf den Fersen. Manchmal bin ich ihnen mit meiner Droschke gefolgt, manchmal zu Fuß, aber mit der Droschke war es am besten, weil sie mir dann nicht entkommen konnten. Nur ganz früh morgens oder spät abends konnte ich etwas verdienen, und allmählich bin ich meinem Dienstherrn gegenüber in Verzug geraten. Das war mir aber gleich, solange ich nur die beiden Männer, die ich haben wollte, in die Hände bekommen konnte.

Aber sie waren sehr schlau. Sie müssen sich gedacht haben, daß sie vielleicht verfolgt wurden, sie sind nämlich nie allein ausgegangen, und nach Einbruch der Dunkelheit überhaupt nicht. Zwei Wochen lang bin ich jeden Tag hinter ihnen hergefahren, aber ich habe sie nie getrennt voneinander gesehen. Drebber war die halbe Zeit betrunken, aber Stangerson war immer auf der Hut. Ich habe sie von früh bis spät beobachtet und nie auch nur den Hauch einer Möglichkeit gesehen; ich habe mich aber nicht entmutigen lassen, weil mir irgendwas gesagt hat, daß die Stunde fast gekommen war. Meine einzige Befürchtung war, daß dieses Ding in meiner Brust ein bißchen zu früh birst und ich die Arbeit nicht beenden kann.

Eines Abends endlich, als ich die Torquay Terrace 'rauf und 'runter fahre – so heißt die Straße, wo ihre Pension war –, sehe ich eine Droschke vor der Tür halten. Bald wird Gepäck 'rausgebracht, und nach einiger Zeit kommen Drebber und Stangerson hinterher und fahren weg. Ich gebe meinem Pferd die Peitsche und bleibe in Sichtweite und fühle mich gar nicht wohl, weil ich Angst habe, daß sie das Quartier wechseln. An der Euston Station steigen sie aus, und ich schnappe mir einen Jungen, der auf mein Pferd aufpaßt, und folge ihnen auf den Bahnsteig. Ich höre, wie sie sich nach dem Zug nach Liverpool erkundigen und der Wachmann sagt, daß gerade einer abgefahren ist und der nächste erst in ein paar Stunden geht. Stangerson scheint das überhaupt nicht zu gefallen, aber Drebber freut sich offenbar darüber. Im Gedränge komme ich so nah an sie heran, daß ich jedes einzelne Wort hören kann, das sie miteinander wechseln. Drebber sagt, er hat noch etwas zu erledigen, und wenn der andere wartet, wird er bald wieder zu ihm stoßen. Sein Gefährte macht ihm Vorwürfe und erinnert ihn daran, daß sie zusammenbleiben wollen. Drebber antwortet, daß die Sache, um die es geht, heikel ist, und daß er allein gehen muß. Was Stangerson daraufhin sagt, kann ich nicht verstehen, aber der andere fängt an zu fluchen und erinnert ihn daran, daß er nicht mehr ist als sein bezahlter Diener und sich nicht einbilden soll, er kann ihm etwas befehlen. Daraufhin gibt der Sekretär auf und handelt nur noch mit ihm aus, daß sie sich, wenn er den letzten Zug versäumt, in Hallidays Pension treffen sollen; Drebber sagt darauf, er wird vor elf Uhr wieder auf dem Bahnsteig sein, und geht aus dem Bahnhof.

Da war der Moment, auf den ich so lange gewartet hatte, endlich gekommen. Ich hatte meine Feinde in der Hand. Zusammen konnten sie sich gegenseitig verteidigen, aber einzeln waren sie mir ausgeliefert. Ich habe mich aber nicht zu überstürztem Handeln hinreißen lassen. Meine Pläne hatte ich längst gemacht. Rache ist unbefriedigend, wenn der Schuldige keine Zeit hat, zu begreifen, wer ihn da trifft und warum Vergeltung über ihn kommt. Ich hatte meine Pläne so gemacht, daß ich die Möglichkeit haben würde, dem Mann, der mir Unrecht zugefügt hatte, klarzumachen, daß seine alte Sünde ihn eingeholt hatte. Zufällig hatte ein paar Tage vorher ein Gentleman, der sich um einige Häuser in der Brixton Road kümmern mußte, den Schlüssel zu einem von ihnen in meinem Wagen verloren. Noch am selben Abend hat er sich danach erkundigt, und ich habe ihn zurückgegeben; aber in der Zwischenzeit hatte ich einen Abdruck davon gemacht und ein Duplikat anfertigen lassen. Damit hatte ich Zugang zu wenigstens einem Ort in dieser großen Stadt, an dem ich sicher sein konnte, nicht gestört zu werden. Das schwierige Problem, das ich jetzt zu lösen hatte, war, wie ich Drebber zu diesem Haus bekommen konnte.

Er ist die Straße entlang und in einen oder zwei Schnapsläden gegangen, und im letzten fast eine halbe Stunde geblieben. Wie er wieder herauskommt, schwankt er beim Gehen und ist offenbar schon sehr angeheitert. Gerade vor mir ist eine Droschke, und die hält er an. Ich folge so kurz dahinter, daß auf dem ganzen Weg die Nase meines Pferdes nur einen Yard hinter dem Wagen ist. Wir rattern über die Waterloo Bridge und Meilen von Straßen und finden uns schließlich zu meinem Erstaunen in Torquay Terrace, wo er in dieser Pension gewohnt hatte. Ich konnte mir keinen Grund denken, weshalb er wieder dahin zurückgekehrt ist, aber ich bin weitergefahren und habe vielleicht hundert Yards vom Haus entfernt gehalten. Er ist hineingegangen, und sein Wagen ist fortgefahren. Geben Sie mir doch bitte ein Glas Wasser. Mein Mund wird ganz trocken vom vielen Reden.«

Ich reichte ihm ein Glas und er leerte es sofort.

»Jetzt geht es besser«, sagte er. »Also, ich habe da eine Viertelstunde oder länger gewartet, wie ich plötzlich einen Lärm höre, als ob im Haus Leute kämpfen. Im nächsten Moment fliegt die Tür auf und zwei Männer kommen heraus; einer von ihnen ist Drebber und der andere ein junger Mann, den ich noch nie gesehen habe. Dieser Bursche hält Drebber am Kragen gepackt, und wie sie oben auf der Treppe sind, gibt er ihm einen Stoß und einen Tritt und schickt ihn damit über die halbe Straße. ›Du Hund!‹ schreit er und droht ihm mit seinem Stock. ›Dir werd ich's zeigen; ein anständiges Mädchen beleidigen!‹ Er ist so wütend, daß ich darauf warte, daß er Drebber mit seinem Knüppel verdrischt, aber der Halunke stolpert die Straße hinab, so schnell seine Beine ihn tragen. Er rennt bis zur Ecke, dann sieht er meinen Wagen, winkt mir und springt hinein. ›Fahren Sie mich zu Hallidays Pension‹, sagt er.

Wie ich ihn in meinem Wagen habe, hüpft mir das Herz vor Freude so stark, daß ich schon Angst habe, ausgerechnet jetzt macht mein Aneurysma es nicht mehr. Ich fahre ganz langsam und überlege mir, was ich am besten tun soll. Ich kann mit ihm aufs Land hinausfahren und da auf einem einsamen Feldweg mein letztes Gespräch mit ihm führen. Dazu bin ich fast entschlossen, als er das Problem für mich gelöst hat. Er will nämlich unbedingt wieder etwas trinken und sagt mir, ich soll neben einem Ginpalast halten. Da geht er hinein und sagt, ich soll auf ihn warten. Er ist darin geblieben, bis der Laden dicht gemacht hat, und wie er herauskommt, ist er so weit jenseits, daß ich weiß, ich kann jetzt mit ihm machen, was ich will.

Glauben Sie ja nicht, ich hätte ihn kaltblütig umbringen wollen. Es wäre nur strenggenommen gerecht gewesen, wenn ich das getan hätte, aber das habe ich nicht fertiggebracht. Ich hatte längst beschlossen, daß er noch eine Chance kriegen sollte, wenn er sie haben wollte. In meinem Wanderleben habe ich in Amerika viele verschiedene Arbeiten verrichtet, unter anderem war ich einmal Pförtner und Putzer im Laboratorium des York College. Eines Tages hat der Professor eine Vorlesung über Gifte gehalten und seinen Studenten einige Alkaloide, wie er es nannte, gezeigt, die er aus irgendeinem südamerikanischen Pfeilgift gewonnen hatte, und das Zeug war so stark, daß schon die kleinste Dosis davon sofortigen Tod bedeutete. Ich habe mir die Flasche gemerkt, in der er dieses Zeug aufbewahrte, und als alle gegangen waren, habe ich mir ein bißchen davon angeeignet. Ich war auch ein ganz guter Apothekenhelfer, also habe ich dieses Alkaloid zu kleinen, löslichen Pillen verarbeitet, und jede Pille habe ich in eine Dose gelegt, zusammen mit einer anderen, die genau so aussah, aber kein Gift enthielt. Damals habe ich beschlossen, wenn ich meine Chance bekomme, sollen meine beiden Gentlemen jeder die freie Auswahl aus einer der Dosen haben, und ich schlucke die zweite Pille. Das wäre genauso tödlich und viel leiser als ein Schuß aus kurzer Entfernung. Von dem Tag an hatte ich immer meine Pillendosen dabei, und jetzt war die Zeit gekommen, sie zu benutzen.

Es war schon kurz vor eins, und es war eine wilde, unfreundliche Nacht, mit heftigem Wind und Regen in Sturzbächen. So trübe es auch draußen war, innerlich war ich froh – so froh, daß ich vor lauter Begeisterung hätte schreien können. Wenn einer von Ihnen, Gentlemen, jemals etwas sehr begehrt und sich zwanzig lange Jahre danach gesehnt hat – und plötzlich sieht er es in Reichweite, dann wird er meine Gefühle verstehen. Ich habe mir eine Zigarre angezündet und geraucht, um meine Nerven zu beruhigen, aber meine Hände haben gezittert und meine Schläfen gepocht vor Aufregung. Beim Fahren konnte ich den alten John Ferrier und die sanfte Lucy sehen, wie sie mich aus der Dunkelheit anschauen und mir zulächeln, so deutlich, wie ich jetzt Sie alle hier in diesem Raum sehe. Den ganzen Weg sind sie vor mir gewesen, jeder auf einer Seite des Pferds, bis ich vor dem Haus in der Brixton Road gehalten habe.

Keine Menschenseele war zu sehen und kein Laut zu hören, abgesehen vom Tropfen des Regens. Als ich durch das Fenster geschaut habe, lag Drebber zusammengerollt da und hat geschlafen wie nur ein Betrunkener. Ich habe ihn am Arm geschüttelt. ›Aussteigen, wir sind da‹, sage ich.

›In Ordnung, Kutscher‹, sagt er.

Ich schätze, er hat gemeint, daß wir zu dem Hotel gekommen sind, das er genannt hatte, er ist nämlich ohne jedes weitere Wort ausgestiegen und mir durch den Garten gefolgt. Ich habe neben ihm hergehen und ihn stützen müssen, er war nämlich noch immer ziemlich topplastig. Als wir zur Tür gekommen sind, habe ich sie aufgemacht und ihn ins Vorderzimmer geführt. Ich gebe ihnen mein Wort: Auf dem ganzen Weg sind der Vater und die Tochter vor uns hergegangen.

›Verdammt dunkel hier‹, sagt er. Er trampelt herum.

›Gleich wird's hell‹, sage ich. Ich zünde ein Streichholz an und halte es an eine Wachskerze, die ich mitgebracht habe. ›Und jetzt,

»›Wer bin ich?‹«

198

Enoch Drebber‹, sage ich, drehe mich zu ihm um und halte das Licht vor mein Gesicht, ›wer bin ich?‹

Einen Moment lang starrt er mich mit blutunterlaufenen, betrunkenen Augen an, und dann sehe ich, wie Entsetzen in ihnen aufgeht, und seine Züge verzerren sich, was mir zeigt, daß er mich erkennt. Mit bleichem Gesicht taumelt er zurück, und ich sehe, wie Schweiß auf seine Stirn tritt, während in seinem Kopf die Zähne klappern. Bei dem Anblick lehne ich mich an die Tür und lache laut und lange. Ich habe immer gewußt, daß die Rache süß sein würde, aber die Befriedigung, die in diesem Moment meine Seele erfüllt hat, habe ich mir nicht erträumt.

›Du Hund!‹ sage ich. ›Ich habe dich von Salt Lake City bis Sankt Petersburg gejagt, und immer bist du mir entkommen. Jetzt sind endlich deine Irrfahrten zu Ende, weil einer von uns den morgigen Sonnenaufgang nicht mehr sehen wird.‹ Während ich das sage, drückt er sich noch weiter von mir in eine Ecke, und auf seinem Gesicht kann ich sehen, daß er mich für wahnsinnig hält. Das war ich in dem Moment auch. Der Puls in meiner Schläfe war wie ein Vorschlaghammer, und ich glaube, ich hätte einen Anfall erlitten, wenn nicht aus meiner Nase Blut geschossen wäre und mich erleichtert hätte.

›Was denkst du jetzt über Lucy Ferrier?‹ rufe ich. Ich schließe die Tür und halte den Schlüssel vor seine Nase. ›Die Bestrafung hat sich Zeit genommen, aber jetzt endlich hat sie dich eingeholt.‹ Ich sehe, wie die Lippen dieses Feiglings zittern bei meinen Worten. Er würde am liebsten um sein Leben betteln, aber er weiß, daß es sinnlos ist.

›Willst du mich ermorden?‹ stammelt er.

›Das ist kein Mord‹, antworte ich. ›Ermordet man einen tollwütigen Hund? Welches Mitleid hattest du mit meinem armen Liebling, als du sie von ihrem ermordeten Vater weggezerrt und in deinen schamlosen verfluchten Harem verschleppt hast?‹

›Aber ich habe ihren Vater nicht getötet‹, ruft er.

›Aber du hast ihr unschuldiges Herz gebrochen‹, schreie ich; ich halte ihm die Schachtel hin. ›Gott soll über uns entscheiden. Such eine aus und schluck sie. In einer Pille ist Tod, in der anderen Leben. Ich nehme die, die du übrig läßt. Wir wollen sehen, ob es auf Erden Gerechtigkeit gibt oder ob wir vom Zufall regiert werden.‹

Mit wilden Schreien und Bitten um Gnade duckt er sich, aber ich ziehe mein Messer und halte es an seine Kehle, bis er mir gehorcht hat. Dann verschlucke ich die zweite, und wir stehen da eine Minute oder länger und starren uns an und warten auf die Entscheidung, wer von uns leben und wer sterben soll. Ob ich je den Ausdruck vergesse, der in sein Gesicht kommt, als die ersten Schmerzen ihm sagen, daß das Gift in seinem Körper ist? Ich habe gelacht, als ich das gesehen habe, und ich habe ihm Lucys Trauring vor die Augen gehalten. Nur einen Moment lang; das Alkaloid wirkt sehr schnell. Seine Züge verzerren sich in schmerzhaften Krämpfen; er streckt die Hände nach vorn, schwankt, und dann stürzt er mit einem heiseren Schrei schwer zu Boden. Ich drehe ihn mit dem Fuß um und lege meine Hand auf sein Herz. Da hat sich nichts mehr geregt. Er ist tot!

Aus meiner Nase war die ganze Zeit Blut geströmt, aber ich hatte nicht darauf geachtet. Ich weiß nicht, was mich dazu gebracht hat, mit dem Blut auf die Wand zu schreiben. Vielleicht ein hämischer Einfall, um die Polizei auf die falsche Fährte zu locken; mein Herz war nämlich leicht und fröhlich. Ich habe mich an einen Deutschen erinnert, den man in New

*»Mit wilden Schreien und Bitten
um Gnade duckt er sich.«*

York gefunden hat, und über seinem Leichnam hatte jemand das Wort RACHE; an die Wand geschrieben, und damals war in den Zeitungen gesagt worden, die Geheimgesellschaften müßten es getan haben. Ich habe mir gedacht, was den New Yorkern Kopfzerbrechen macht, macht auch den Londonern Kopfzerbrechen, also habe ich meinen Finger in mein eigenes Blut getaucht und das Wort auf eine passende Stelle geschrieben. Dann bin ich zu meiner Droschke gegangen und habe festgestellt, daß niemand in der Nähe und die Nacht noch immer sehr wild war. Ich war eine ganze Strecke gefahren, als ich die Hand in die Tasche gesteckt habe, wo ich immer Lucys Ring aufbewahre, und da bemerke ich, daß er nicht da ist. Ich bin wie vom Schlag getroffen, denn er ist das einzige Andenken, das ich von ihr habe. Ich denke mir, ich kann es verloren haben, als ich mich über Drebbers Leichnam beugte, also bin ich zurückgefahren, habe meine Droschke in einer Nebenstraße gelassen und bin ganz offen zum Haus gegangen – ich war nämlich bereit, alles zu wagen, bevor ich den Ring verliere. Als ich dort ankomme, laufe ich einem Polizisten direkt in die Arme, der gerade aus dem Haus kommt, und ich habe seinen Verdacht nur beschwichtigen können, indem ich so tue, als wäre ich hoffnungslos betrunken.

So hat Enoch Drebber sein Ende gefunden. Alles, was mir noch zu tun blieb, war, mit Stangerson genauso zu verfahren und auf diese Weise John Ferriers Konto auszugleichen. Ich wußte ja, daß er in Hallidays Pension war, und da habe ich mich den ganzen Tag herumgetrieben, aber er ist nicht ein einziges Mal herausgekommen. Ich nehme an, er hat sich seinen Teil gedacht, als Drebber nicht erschienen ist. Er war ja schlau, dieser Stangerson, und immer auf der Hut. Wenn er aber geglaubt hat, er könnte mich loswerden, indem er im Haus bleibt, dann hat er sich sehr getäuscht. Ich habe bald herausgefunden, welches sein Schlafzimmerfenster war, und früh am nächsten Morgen habe ich es ausgenutzt, daß auf dem Weg hinter dem Hotel ein paar Leitern lagen, und so bin ich im Morgengrauen in sein Zimmer geklettert. Ich habe ihn geweckt und ihm gesagt, daß die Stunde gekommen ist, in der er sich für das Leben verantworten muß, das er vor so langer Zeit geraubt hat. Ich habe ihm Drebbers Tod beschrieben und ihm auch die Wahl zwischen den Pillen geboten. Statt die Chance zum Entkommen wahrzunehmen, die er damit hatte, ist er vom Bett aufgesprungen und mir an die Kehle gegangen. In Notwehr habe ich ihm das Messer ins Herz gestoßen. Es wäre ohnehin alles auf das gleiche hinausgelaufen; die Vorsehung hätte es niemals zugelassen, daß seine schuldige Hand etwas anderes als das Gift wählt.

Ich habe nicht viel mehr zu sagen, und das ist auch gut; ich bin nämlich ziemlich am Ende. Ich bin noch einen Tag oder zwei mit der Droschke gefahren; dabei wollte ich bleiben, bis ich genug zusammen habe, um nach Amerika zurückfahren zu können. Ich war auf dem Standplatz, als ein abgerissener Junge gefragt hat, ob es einen Kutscher namens Jefferson Hope gibt, den nämlich ein Gentleman in 221 B, Baker Street, haben will. Ich bin hergekommen und habe nichts Böses gedacht, und das nächste, was ich weiß, ist, daß dieser junge Mann hier Handschellen um meine Gelenke gelegt hat und ich so sauber gefesselt bin, wie ich es sauberer nie im Leben gesehen habe. Das

»*Er ist vom Bett aufgesprungen und mir an die Kehle gegangen.*«

ist meine ganze Geschichte, Gentlemen. Sie können mich ruhig für einen Mörder halten; ich bin aber der Meinung, daß ich ebensogut ein Diener der Gerechtigkeit bin wie Sie.«

Die Erzählung des Mannes war so erregend und seine Haltung so beeindruckend gewesen, daß wir alle schweigend und wie gefesselt dagesessen hatten. Sogar die berufsmäßigen Detektive, so blasiert sie sonst jeder Einzelheit eines Verbrechens gegenüber sein mochten, schienen an der Geschichte des Mannes großen Anteil zu nehmen. Als er zum Schluß gekommen war, saßen wir einige Minuten lang in einem Schweigen, das nur durch das Kratzen von Lestrades Bleistift unterbrochen wurde, während er seine Kurzschrift-Aufzeichnung abschloß.

»Es gibt nur einen Punkt, über den ich gern etwas mehr wüßte«, sagte Sherlock Holmes schließlich. »Wer war Ihr Komplize, der den Ring geholt hat, als ich danach annoncierte?«

Der Gefangene zwinkerte meinem Freund gutmütig zu. »Ich kann Ihnen meine eigenen Geheimnisse verraten«, sagte er, »aber nicht andere in Schwierigkeiten bringen. Ich habe Ihre Annonce gelesen und mir gedacht, es könnte entweder ein Trick sein oder tatsächlich der Ring, den ich haben wollte. Mein Freund hat sich bereit erklärt, zu Ihnen zu gehen und sich darum zu kümmern. Ich schätze, Sie werden zugeben, daß er es sehr schlau gemacht hat.«

»Daran kann es keinen Zweifel geben«, sagte Holmes aufrichtig.

»Jetzt, Gentlemen«, bemerkte der Inspektor ernsthaft, »müssen wir den Anforderungen des Gesetzes genügen. Am Donnerstag wird der Gefangene dem Richter vorgeführt, und ich bitte Sie um Ihre Anwesenheit. Bis dahin bin ich für ihn verantwortlich.« Noch während er sprach, betätigte er eine Klingel, und einige Wärter führten Jefferson Hope ab; mein Freund und ich verließen das Revier und nahmen eine Droschke zurück zur Baker Street.

*We had all been warned to appear before the magistrates upon the Thursday ...*

# Schluß

Man hatte uns alle aufgefordert, uns am Donnerstag vor dem Richter einzufinden; als jedoch der Donnerstag kam, gab es keine Gelegenheit mehr für unsere Zeugenaussage. Ein höherer Richter hatte sich der Sache angenommen, und Jefferson Hope war vor ein Tribunal zitiert worden, vor dem ihm strenge Gerechtigkeit zuteil werden würde. Noch in der Nacht nach seiner Gefangennahme barst sein Aneurysma, und am Morgen fand man ihn ausgestreckt auf dem Boden der Zelle, mit einem entspannten Lächeln auf dem Gesicht, als sei er im Augenblick seines Todes imstande gewesen, auf ein sinnvolles Leben und gut getane Arbeit zurückzuschauen.

»Gregson und Lestrade werden über seinen Tod wütend sein«, bemerkte Holmes, als wir am nächsten Morgen darüber sprachen. »Was wird jetzt aus ihrer großen Selbstdarstellung?«

»Ich wüßte nicht, daß sie viel mit seiner Gefangennahme zu tun gehabt hätten«, erwiderte ich.

»Was Sie in dieser Welt *tun*, ist völlig bedeutungslos«, gab mein Gefährte bitter zurück. »Die Frage ist, wie Sie die Leute dazu bringen können, zu glauben, daß Sie etwas getan haben. Ach, egal«, fuhr er nach einer Pause fröhlicher fort. »Ich möchte diese Ermittlung um keinen Preis versäumt haben. Ich kann mich an keinen besseren Fall erinnern. So einfach er auch war, gab es doch einige sehr interessante Punkte dabei.«

»Einfach!« rief ich.

»Na, man kann ihn wirklich nicht anders nennen«, sagte

Sherlock Holmes; er lächelte ob meiner Überraschung. »Der Beweis für seine wahrhafte Einfachheit ist, daß ich innerhalb von drei Tagen imstande war, meine Hand auf den Verbrecher zu legen, ohne jegliche Hilfe außer wenigen ganz gewöhnlichen Deduktionen.«

»Das stimmt allerdings«, sagte ich.

»Ich habe Ihnen schon auseinandergesetzt, daß etwas Ungewöhnliches normalerweise eher eine Hilfe als ein Hindernis ist. Bei der Lösung eines derartigen Problems ist es entscheidend, ob man rückwärts denken kann. Es ist dies eine sehr nützliche Fertigkeit, noch dazu eine sehr einfache, aber man wendet sie kaum an. Bei den alltäglichen Dingen des Lebens ist es sinnvoller, vorwärts zu denken, daher kommt es, daß das andere Verfahren vernachlässigt wird. Auf Einen, der analytisch zu denken vermag, kommen Fünfzig, die synthetisch denken können.«

»Ich muß gestehen«, sagte ich, »daß ich Ihnen nicht so ganz folgen kann.«

»Das habe ich auch kaum erwartet. Mal sehen, ob ich es deutlicher darstellen kann. Die meisten Leute werden, wenn Sie ihnen eine Reihe von Vorfällen schildern, imstande sein, Ihnen das Ergebnis zu nennen. Sie können diese Vorfälle im Geist verknüpfen und daraus ableiten, daß sich etwas ereignen wird. Es gibt jedoch nur wenige Leute, die, wenn Sie ihnen ein Ergebnis mitteilten, imstande wären, aus sich selbst heraus die Schritte zu entwickeln, die zu diesem Ergebnis geführt haben. Es ist diese Fähigkeit, die ich meine, wenn ich davon spreche, rückwärts oder analytisch zu denken.«

»Das begreife ich«, sagte ich.

»Also, dies war ein Fall, bei dem man das Ergebnis hatte und alles andere selbst herausfinden mußte. Ich will versuchen, Ihnen die einzelnen Schritte meines Denkens zu demonstrieren. Um mit dem Anfang zu beginnen: Wie Sie wissen, habe ich mich dem Haus zu Fuß genähert, und mein Geist war frei und für alles offen. Ich habe natürlich zunächst die Straße untersucht und dabei, wie ich Ihnen bereits erklärt habe, deutlich die Spuren einer Droschke gesehen, die, wie ich durch Nachfragen feststellte, im Verlauf der Nacht dort gewesen sein mußte.

Wegen der geringen Spurbreite war ich sicher, daß es eine Droschke und keine Privatkutsche gewesen war. Die ordinäre Londoner Klapperkiste ist wesentlich schmaler als das Coupé eines Gentleman.

Das war der erste Punkt, den ich gewonnen hatte. Danach bin ich langsam den Gartenweg entlanggegangen, der aus einem lehmhaltigen Boden besteht, welcher besonders gut Eindrücke bewahrt. Ihnen ist er zweifellos als bloßer zertrampelter Matsch erschienen, aber für meine geübten Augen hatte jeder Abdruck auf der Oberfläche seine Bedeutung. Kein Zweig der Detektions-Wissenschaft ist so wichtig und so sehr vernachlässigt wie die Kunst, Fußspuren auszuwerten. Zum Glück habe ich immer sehr großen Wert darauf gelegt, und reichliche Übung hat es mir zur zweiten Natur werden lassen. Ich habe die schweren Fußabdrücke der Constables gesehen, aber auch die Fährte der beiden Männer, die als erste durch den Garten gegangen waren. Daß sie vor den anderen dagewesen waren, war leicht festzustellen, weil an einigen Stellen ihre Spuren von denen der anderen, die später auf sie getreten waren, völlig getilgt waren. Auf diese Weise habe ich das zweite Glied meiner Kette erhalten, das mir sagte, daß die nächtlichen Besucher zu zweit gewesen waren; der eine war bemerkenswert groß (wie ich der Länge seiner Schritte entnahm) und der andere modisch gekleidet gewesen, was sich aus den kleinen, eleganten Abdrücken ergab, die seine Stiefel hinterlassen hatten.

Beim Betreten des Hauses wurde mir letztere Folgerung bestätigt. Mein Mann mit den feinen Stiefeln lag vor mir. Also hatte der Große den Mord verübt, wenn es ein Mord gewesen war. Der Tote wies keine Wunde auf, aber der Ausdruck der Erregung auf seinem Gesicht sagte mir zweifelsfrei, daß er sein Schicksal vorhergesehen hatte, noch ehe es über ihn gekommen war. Leute, die an einer Herzkrankheit oder aus irgendeiner plötzlichen natürlichen Ursache heraus sterben, zeigen niemals Erregung in ihren Gesichtszügen. Als ich an den Lippen des Toten roch, habe ich einen leicht säuerlichen Geruch festgestellt und bin zu dem Schluß gekommen, daß man ihn gezwungen hatte, Gift zu nehmen. Wiederum habe ich aus dem Haß und der Angst auf seinem Gesicht darauf geschlossen, daß man ihn dazu gezwungen hatte. Durch Anwendung des Ausschließungsverfahrens bin ich zu diesem Ergebnis gelangt, da keine andere Hypothese mit den Tatsachen in Einklang zu bringen war. Glauben Sie ja nicht, es sei dies eine ganz unerhörte Idee gewesen. Die zwangsweise Verabreichung von Gift ist in den Annalen des Verbrechens keineswegs neuartig. Die Fälle Dolsky in Odessa und Leturier in Montpellier müssen sogleich jedem Toxikologen einfallen.

Und nun kam die große Frage nach dem Grund des Ganzen. Der Zweck des Mordes war nicht Diebstahl gewesen, es war ja nichts gestohlen worden. Ging es also vielleicht um Politik oder um eine Frau? Das war die Frage, der ich mich gegenübersah. Von Anfang an neigte ich der letzteren Annahme zu. Politische Meuchelmörder sind nur allzu froh, wenn sie ihr Werk getan haben und fliehen können. Dieser Mord dagegen war überlegt begangen worden, und der Mörder hatte überall im Raum seine Spuren hinterlassen, was bewies, daß er die ganze Zeit dort gewesen war. Es mußte also eine private, keine politische Angelegenheit gewesen sein, die nach einer so methodischen Rache verlangte. Als die Inschrift auf der Wand entdeckt wurde, neigte ich noch stärker als zuvor zu dieser Ansicht. Allzu offensichtlich war diese Inschrift ein Trick. Als dann aber der Ring gefunden wurde, hat das die Frage endgültig geklärt. Ganz eindeutig hatte der Mörder ihn benutzt, um sein Opfer an eine tote oder abwesende Frau zu erinnern. An diesem Punkt habe ich Gregson gefragt, ob er sich in seinem Telegramm nach Cleveland nach Einzelheiten aus dem Vorleben von Mr. Drebber erkundigt hätte. Wie Sie sich erinnern werden, hat er das verneint.

Ich habe mich dann daran gemacht, den Raum sorgfältig zu untersuchen, was mich in meiner Meinung über die Größe des Mörders bestätigt und mir außerdem zusätzliche Einzelheiten geliefert hat, nämlich die Trichinopoly-Zigarre und die Länge seiner Fingernägel. Da es keine Anzeichen eines Kampfes gab, war ich schon zu dem Schluß gelangt, daß das Blut auf dem Boden in Folge seiner Erregung aus der Nase des Mörders geflossen sein mußte. Ich habe feststellen können, daß sich überall Blut fand, wo er Fußabdrücke hinterlassen hatte. Selten bricht sich bei jemandem, außer bei einem Mann mit hohem Blutdruck, Gefühlsbewegung in dieser Weise eine Bahn, also habe ich mich zu der Meinung aufgeschwungen, daß der Verbrecher wahrscheinlich ein robuster Mann mit rötlichem Gesicht sei. Wie sich herausgestellt hat, habe ich recht gehabt.

Nachdem ich das Haus verlassen hatte, habe ich das erledigt, was Gregson zu erledigen versäumt hatte. Ich habe dem Polizeichef von Cleveland telegraphiert und meine Anfrage auf die mit der Ehe von Enoch Drebber verbundenen Umstände beschränkt. Die Antwort war sehr aufschlußreich. Ich erfuhr daraus, daß Drebber sich bereits um den Schutz des Gesetzes gegen einen alten Nebenbuhler namens Jefferson Hope bemüht hatte und daß eben jener Hope zur Zeit in Europa weilte. Da wußte ich dann, daß ich den Schlüssel zum Rätsel in der Hand hatte und daß alles, was zu tun blieb, die Festnahme des Mörders war.

Ich hatte bereits bei mir beschlossen, daß der Mann, der mit Drebber ins Haus gegangen war, kein anderer sein konnte als der Mann, der die Droschke gelenkt hatte. Die Spuren auf der Straße zeigten mir, daß das Pferd dort ein paar Schritte getan hatte, was unmöglich gewesen wäre, wenn noch jemand auf dem Bock gesessen hätte. Wo also konnte der Kutscher gewesen sein, wenn nicht im Haus? Außerdem ist es absurd, anzunehmen, ein geistig gesunder Mann würde ein vorsätzliches Verbrechen gewissermaßen unter den Augen eines Dritten verüben, der ihn doch sicher verraten würde. Wenn wir schließlich annehmen, daß ein Mann einem anderen durch London folgen will – welche bessere Möglichkeit kann er wählen als die, Droschkenkutscher zu werden? All diese Erwägungen haben mich zu der unwiderleglichen Schlußfolgerung gebracht, daß Jefferson Hope unter den Droschkenkutschern der Metropole zu finden sein mußte.

Wenn er Kutscher gewesen war, gab es keinen Grund, anzunehmen, daß er es nicht länger sei. Im Gegenteil wäre von seinem Standpunkt aus jede plötzliche Veränderung dazu geeignet, Aufmerksamkeit zu erregen. Er würde also wohl, zumindest für einige Zeit, weiter dieser Arbeit nachgehen. Es gab auch keinen Grund, anzunehmen, daß er es unter falschem Namen tat. Wozu sollte er in einem Land, in dem niemand seinen Namen kennt, einen anderen annehmen? Ich habe also mein Straßenbettler-Detektivkorps organisiert und die Jungen darauf angesetzt, systematisch jeden Droschkenbesitzer in London aufzusuchen, bis sie den Mann aufgestöbert hatten, den ich haben wollte. Welchen Erfolg sie hatten und wie schnell ich mir dies zunutze machen konnte, dürfte Ihnen wohl in frischester Erinnerung sein. Der Mord an Stangerson war ein völlig unvorhergesehener Vorfall, der aber jedenfalls kaum zu verhindern gewesen wäre. Wie Sie wissen, bin ich durch den Mord in den Besitz der Pillen gelangt, deren Existenz ich bereits vermutet hatte. Wie Sie sehen, ist die ganze Angelegenheit eine Kette logischer Folgerungen ohne eine Bruch- oder Schwachstelle.«

»Das ist wunderbar!« rief ich. »Ihre Verdienste sollten von der Öffentlichkeit anerkannt werden. Sie sollten einen Bericht über den Fall veröffentlichen. Wenn Sie es nicht tun, tue ich es für Sie.«

»Sie können tun, was Sie wollen, Doktor«, antwortete er. »Sehen Sie her!« fuhr er fort, wobei er mir eine Zeitung reichte. »Schauen Sie sich das an!«

Es handelte sich um die *Echo*-Ausgabe des Tages, und der Abschnitt, auf den er deutete, war dem betreffenden Fall gewidmet.

»Der Öffentlichkeit«, hieß es da, »ist durch den plötzlichen Tod des Mannes namens Hope, den man des Mordes an Mr. Enoch Drebber und Mr. Joseph Stangerson verdächtigte, ein sensationeller Happen entgangen. Die Einzelheiten des Falles werden nun vermutlich nie mehr bekannt werden, wenn wir auch aus zuverlässiger Quelle erfahren haben, daß das Verbrechen einer sehr alten, romantischen Fehde entsprang, bei der Liebe und Mormonentum eine Rolle spielten. Anscheinend

*»Sie können tun, was Sie wollen, Doktor.«*

gehörten beide Opfer in ihrer Jugend den Heiligen der Letzten Tage an, und auch Hope, der verstorbene Gefangene, stammte aus Salt Lake City. Wenn der Fall auch keine anderen Auswirkungen haben mag, so zeigt er uns doch überaus deutlich die Wirksamkeit unserer Kriminalpolizei und wird darüber hinaus allen Ausländern eine Lehre sein, ihre Fehden zu Hause auszutragen und sie nicht auf britischen Boden mitzubringen. Es ist ein offenes Geheimnis, daß alle Verdienste um diese prompte Festnahme den bekannten Beamten Lestrade und Gregson von Scotland Yard zukommen. Dem Vernehmen nach wurde der Mann in den Räumlichkeiten eines gewissen Mr. Sherlock Holmes verhaftet, der als *amateur* einiges detektivische Talent bewiesen hat und dank solcher Lehrmeister die Hoffnung haben darf, eines Tages ein wenig von ihren Fertigkeiten zu erwerben. Es ist zu erwarten, daß den beiden Beamten in geziemender Anerkennung ihrer Dienste eine Auszeichnung in der einen oder anderen Form zuteil werden wird.«

»Habe ich es Ihnen nicht von Anfang an gesagt?« rief Sherlock Holmes lachend. »Das ist das Ergebnis unserer Studie in Scharlachrot – den beiden eine Auszeichnung zu verschaffen!«

»Machen Sie sich nichts daraus«, antwortete ich. »Ich habe alle Tatsachen in meinem Journal verzeichnet, und die Öffentlichkeit wird sie erfahren. Bis dahin müssen Sie sich mit dem Bewußtsein Ihres Erfolges bescheiden, wie jener römische Geizhals:

›Populus me sibilat, at mihi plaudo
Ipse domi simul ac nummos contemplar in arca.‹«

**Editorische Notiz**

Der vorliegende Band folgt den englischen Standardnachdrucken der Originalausgabe *A Study in Scarlet*. Der Text erschien im November 1887 in *Beeton's Christmas Annual*; Arthur Conan Doyle verkaufte damals die Rechte an seinem ersten Sherlock-Holmes-Buch für 25 £ an den Verlag Ward, Lock & Co. – Die Übersetzung ist vollständig; sie weicht vom Original lediglich dort ab, wo kleinere Irrtümer zu korrigieren waren.

# Anmerkungen

*Seite 10:* Nach dem Ersten Afghanistan-Krieg (1838–1842) gaben die Briten den Versuch auf, das Land ihrem indischen Kolonialreich anzugliedern. Durch die russische Expansion in Zentralasien (Eroberung vonTurkestan, Taschkent, Samarkand etc. 1864–1868) wurde Afghanistan zum Pufferstaat zwischen den beiden Großmächten. Als nach inneren Machtkämpfen in Kabul einer der Emirats-Kandidaten Rußland, ein anderer Großbritannien um Hilfe ersuchte, fürchteten die Briten, Afghanistan könnte russischer Satellit und Aufmarschgebiet gegen Indien werden. Nach dem Zweiten Afghanistan-Krieg (1878–1881), der nicht zuletzt durch das Massaker an einer britischen Verhandlungsdelegation in Kabul ausgelöst wurde, blieb Afghanistan neutral; dies auch – trotz diverserVersuche, Einfluß zu nehmen – im Ersten Weltkrieg.
»Schlacht von Maiwand«: Am 27. 7. 1880 wurden britische Truppen bei Maiwand, Afghanistan, von der zehnfachen Anzahl Afghanen völlig aufgerieben (ca. 40% Gefallene).
»Jezail« – afghanischer Vorderlader.
»Ghazis« (von arab. »ghazâ«, kämpfen) – Kämpfer in einem Heiligen Krieg gegen Ungläubige.
*Seite 11:* Elfeinhalb Shilling pro Tag für neun Monate waren damals eine großzügige Rekonvaleszenz-Rente; zur gleichen Zeit betrug der Sold eines einfachen Soldaten einen Shilling pro Tag.
*Seite 12:* Das *Criterion* liegt am Regent Circus, Piccadilly, und ist eine wundersame Mischung aus Restaurant, Bar und Varieté-Bühne.
*Seite 18:* »Guajak-Probe« – Das Harz des Guajak-Baums wurde mit Alkohol, Wasserstoffsuperoxyd und Äther in bestimmten Proportionen vermischt und mit einer zu untersuchenden Flüssigkeit versetzt und geschüttelt. Enthielt die Flüssigkeit Hämoglobin, verfärbte sich die Mischung blau.
*Seite 21:* »Das wahre Forschungsgebiet ...« – Alexander Pope, 1688–1744, in *An Essay on Man* (II, 1): »Know then thyself, presume not God to scan; / The proper study of mankind is man.«

*Seite 26:* Thomas Carlyle, 1795–1881, bedeutender Historiker, Essayist, Prosaautor; verfaßte u. a. *Sartor Resartus, On Heroes and Hero-Worship, History of the French Revolution.*

*Seite 54:* Das »Genie«-Zitat stammt aus *Frederick the Great* von Thomas Carlyle, den Holmes ja angeblich gar nicht kannte, und lautet dort wörtlich: »Genius (which means transcendent capacity of taking trouble, first of all) ...«

*Seite 55:* Trichinopoly Tiruchirapalli, im ind. Tamil Nadu, ca. 250 000 Einwohner. T. war vom 10. bis 17. Jahrhundert Hauptstadt des Tamilen-Reichs. Die gerühmten Trichinopoly-Zigarren werden dort allerdings aus Tabak hergestellt, der außerhalb des Distrikts wächst.

*Seite 62:* »Hallés Konzert, Lady Norman-Neruda« – Der 1819 geborene Westfale Karl Hallé kam 1843 nach England, wo er als Dirigent und Veranstalter von Konzerten berühmt wurde. Dort spielte auch der »weibliche Paganini«, die 1839 in Brünn geborene Wilhelmine Neruda, die 3 Jahre nach dem Tod ihres Mannes Ludwig Norman dann 1888 Hallé heiratete.

*Seite 63:* »ein halber Sovereign« – Goldmünze im Wert von 10 Shilling.

*Seite 66:* »Columbines neumodisches Fähnchen« – im Original »Columbine's newfangled banner«; wahrscheinlich eine Verballhornung der amerikanischen Nationalhymne »The star-spangled banner«.

*Seite 68:* »eine Studie in Scharlachrot« – Damit knüpft Holmes an eine malerische Tradition an, die zu jener Zeit besonders vehement vertreten wurde von James Abbott McNeill Whistler.

*Seite 74:* »Der Kopf von Charles ...« – Charles I. von England, geboren 1600, König seit 1625, wurde am 30. Januar 1649 geköpft.

*Seite 76:* Die Schiffe der Union Line fuhren nach Südafrika.

*Seite 78:* Henri Murger, frz. Autor, 1822–1861; der vollständige Titel des Buchs ist *Scènes de la vie de Bohème.*

*Seite 84:* »Femegericht« – auch Vehmgericht, westfälische Institution, ca. 1150 bis 1570, praktizierte eine Art Volks-/Lynchjustiz und befaßte sich in Geheimsitzungen mit Hexerei, Häresie, Mord etc.

»Aqua Tofana« – angeblich im 17. Jh. von einer Sizilianerin namens Tofana erfundenes tödliches Gift.

»Carbonari« – neapolitanische Geheimgesellschaft 1808–1814, kämpfte gegen die napoleonische Herrschaft und für die Errichtung einer Republik.

»Marquise de Brinvilliers« – frz. Giftmischerin, geb. 1630, hingerichtet 1676.

»Ratcliff-Highway-Morde« – Sie waren der Anlaß für Thomas De Quinceys Postscript zu seinem Essay *Der Mord als schöne Kunst betrachtet*. Der Mörder, John Williams, hatte 1812 sämtliche Mitglieder zweier Haushalte ausgerottet.

*Seite 86:* »*Un sot ...*« – »Ein Dummkopf findet immer einen noch dümmeren, der ihn bewundert.« Schlußzeile des ersten Gesangs der *Art poétique* von Nicholas Boileau-Despréaux (1636–1711).

*Seite 129 f.:* Laut *Encyclopaedia Britannica* (XI, 1911) wurde die »Church of Jesus Christ of Latter-Day Saints« 1830 im Staat New York von Joseph Smith jr. (1805–1844) gegründet. Ihm erschien 1823 der Engel Moroni (oder Menona, Marona, Maroni etc.) und informierte ihn darüber, daß die Bibel des Westlichen Kontinents – eine Ergänzung zum Neuen Testament – auf einem bestimmten Hügel vergraben sei. 1827 förderte Smith an der genannten Stelle ein aus dünnen Goldplatten bestehendes Buch zutage, geschrieben in »reformiertem Ägyptisch«; glücklicherweise fand Smith, der weder fließend lesen noch schreiben konnte, gleichzeitig eine wundersame Brille, bestehend aus zwei silbergefaßten Kristallen namens Urim und Thummim, die ihm Lektüre und Übersetzung des hinfort *Buch Mormon* genannten Werks erlaubte. Hinter einem Vorhang sitzend diktierte Smith die Übersetzung verschiedenen Sekretären; das Buch wurde 1830 veröffentlicht. Allerdings hatte der Engel das kostbare Original inzwischen wieder abgeholt.

Inspiriert von vielerlei neuen Offenbarungen gedieh die Kirche vor allem in Missouri (wo der Mormonenführer Rigdon 1838 die Gläubigen aufforderte, alle Heiden auszurotten, was zu einem von der Staatsmiliz gewonnenen Bürgerkrieg führte) und Illinois; dorthin flohen Smith & Co. von Missouri aus. Sie gründeten die Stadt Nauvoo. 1843 erlitt Smith dort eine weitere Offenbarung, derzufolge die im *Buch Mormon* verbotene, von ihm aber praktizierte Polygamie einzuführen sei. Smith wurde 1844 von einem Mob gelyncht.

Brigham Young (1801–1877) übernahm die Leitung der Kirche; nach neuen bürgerkriegsähnlichen Konflikten mit der Umgebung verließen die Mormonen 1846 Nauvoo, wanderten westwärts und gründeten 1848 Salt Lake City. 1850 wurde Utah Territorium der Union, doch kam es wegen der in den USA unzulässigen Polygamie, wegen der keine Konkurrenz duldenden kapitalistischen Theokratie und wegen diverser Übergriffe gegen US-Bürger immer wieder zu Konflikten mit Washington, darunter 1857, 1861 und 1862 zu militärischen Auseinandersetzungen. Die erst 1890 abgeschaffte Polygamie und die Autokratie der Kirchenleitung führten zu mehreren Abspaltungen. Brigham Young hinterließ bei seinem Tod 25 Witwen, über 40 Kinder und ein Vermögen von 2 Mio. Dollar.

Genaue Quellen für Doyles Text sind nicht zu ermitteln. Seine »Rächenden Engel« mögen in dieser Form nicht existiert haben; allerdings gab es in den 50er Jahren Banden, die im Einklang mit Youngs Lehre (Heiden töten heißt: sie retten), wenn auch vielleicht nicht auf seine Weisung hin Dissidenten und Nichtmormonen ermordeten, und bereits 1838 gründete David W. Patten alias »Captain Fear Not« eine Geheimorganisation zur Bestrafung aller, die sich der Kirche und ihren Führern widersetzten. Der letzte von vielen Namen der Bande war »Sons of Dan« bzw. »Danites«; ihr Gründer Patten fiel im Kampf um Missouri. Mehr darüber bei Arno Schmidt, in: *Das Buch Mormon* (›Konkret‹, 3/1962).

**Seite 180:** »Endowment House« – Haus, in dem die Mormonen ihre Abgaben entrichteten.

**Seite 216:** »Populus me sibilat...« – Quintus Horatius Flaccus (65–8 v. Chr.) berichtet (*Satiren* I, 64f.) von einem Geizhals zu Athen, der sagte: »Wenn draußen das Volk mich auch auspfeift, zu Hause / spende ich selber mir Beifall beim Anblick der Münzen im Kasten.«